フェリエの国

野原で踊ろう

作詞：かんのゆうこ
原曲：コルネリウス・グルリット　編曲：北見葉胡

はりねずみのルーチカ

-まよいこんだフェリエの国-

かんのゆうこ 作　北見葉胡 絵

講談社

はりねずみのルーチカ

—まよいこんだフェリエの国《くに》—

もくじ

まえがき……3

ここは、どこ？……7

ゆううつな新学期《しんがっき》……17

妖精《ようせい》の輪《わ》……25

時間と空間のすきま……35

地下にひろがる部屋《へや》……51

ルクプルの家……71

森のピアノ演奏会《えんそうかい》……85

そらうおの群《む》れ……99

ひとびとの国へ……119

まえがき

ルーチカのすむフェリエの国がどこにあるのかといえば、それはわたしたちのすむ世界《せかい》の、あんがいすぐそばにあります。そこは、フェリエの国があることをしんじるひとだけにみえる、ひみつの場所《ばしょ》なのです。だから、「フェリエの国なんてあるはずがない。」とおもうひとには、みることもさわることもできません。

けれども、フェリエの国は、ちゃんとあるところにあって、そこにはたくさんのふしぎないきものたちがすんでいます。フェリエの国は、わたしたちの世界とにているところもありますが、ちょっとずつちがっているところもあります。大きいものや、小さいもの、にぎやかなものや、おとなしいもの、顔もかたちもちがったいきものたちが、自分にぴったりの家を、お気に入りの場所につくって、なかよくくらしているのです。

そうして、そこにすむふしぎな住人《じゅうにん》たちは、ときどきとくべつな穴《あな》をとおりぬけて、わたしたちの世界にあそびにきたりもします。かれらは、そっとすてきなおくりものをとどけてくれたり、ふしぎな話をきかせてくれたり、わたしたちをしあわせなきもちにしてくれる、やさしいいきものたちなのです。

ルーチカ

こころやさしいはりねずみ。
ジャムづくりと歌がだいすき。
いつもあたまの上にりんごを
のせてあるいている。

ニコ

音楽がだいすきなてんとうむし。
森じゅうのうつくしい音を
ポシェットのなかにあつめている。

ルクルとクプル

白ねこと黒ねこのふたご姉妹《しまい》。
料理《りょうり》がじょうずで、ことあるごとに
ふたりの家ではパーティーがひらかれる。
ふたりのすむ家は、森の住人《じゅうにん》たちから
「ルクプルの家」とよばれている。

ソル

ちょっと気がよわくて、
くいしんぼうなもぐら。
ソルがもつスコップで
土をたがやすと、
どんな植物《しょくぶつ》でもいきいきと
そだつようになる。

トゥーリ

旅《たび》のとちゅうでルーチカたちと
出会い、フェリエの国でくらす
ようになった花と風の妖精《ようせい》。
「ラピナの笛《ふえ》」という、
澄《す》んだ音色の笛をかなでる。

ノッコ

ちょっと
なまいきな森の
妖精の女の子。
うさぎのかぶりものがだいすき。
ジャグリングがとくいで、
いつも赤い玉をもちあるいている。

星野《ほしの》りおな

もうすぐ小学２年生になる、
人間の女の子。
ひょんなことから、フェリエの
国へまよいこんでしまう。

ここは、どこ？

その日の朝、ルーチカは日の出とともに目をさましました。

窓《まど》をあけて、胸《むね》のおくまで空気を吸《す》いこむと、風のにおいが、いつのまにか秋のにおいにかわっています。

山のあいだから、まぶしい太陽《たいよう》がのぼってきて、澄《す》んだ空をオレンジ色にそめています。

「今日も、すてきな一日になりそうだなあ。」

ルーチカが大きなのびをして、ふと家の前にたっている、りんごの木に目をやったときでした。木のねもとに、青い布《ぬの》のかたまりのようなものが、おかれているのがみえたのです。

「なんだろう、あれ……。」

目をこらして、じっとみていると、その青い布のかたまりが、ぐーんとながくのびたので、ルーチカはおどろいて、目をぱちぱちしました。

「あれは、ものじゃないぞ。」

ルーチカは、そっとドアをあけて、外にでました。足音をたてないように、おそるおそる、りんごの木へちかづいてみると……。

なんと、りんごの木の下で、かわいらしい女の子が、すやすやとねむっているではありませんか。しかもその女の子は、フェリエの森にすむ動物《どうぶつ》や、妖精《ようせい》の女の子ではないのです。それはどうみても、人間のこどもでした。

（ひとびとの国の女の子が、どうしてここに……。）

人間のこどもが、フェリエの国にまよいこむなんて、いままでにみたことがありません。けれども、ルーチカがいちばんおどろいたのは、その子がルーチカと同じくらいの大きさだったこと、つまり、人間の赤ちゃんよりも、小さかったことでした。

「あの……。」

ルーチカは、おどろかさないよう、そっと声をかけました。

するとその女の子は、「ううん……。」とねごとのようにつぶやき、ゆっくりと目をあけました。

自分の真上《まうえ》に、大きな木の枝《えだ》がみえます。青々《あおあお》とした葉《は》がしげり、よくみると、なにか赤い実《み》が……りんごがみのっています。枝《えだ》のあいだからは、朝日がきらきらとふりそそぎ、耳もとでは、下草のゆれる音がサワサワきこえてきます。やさしくほおをなでる風は、みずみずしい草花の香《かお》りがして……。

女の子はねむそうに目をこすると、ようやくルーチカのほうへ顔をむけました。

「だいじょうぶ？」

ルーチカが、おどろかさないように、そっと声をかけると、女の子は、きょとんとした顔でルーチカをみつめ、それからもういちど目をとじました。

（あたまの上に、りんごをのせたはりねずみの夢《ゆめ》……。しかも、わたしとおなじくらいの大きさの……。）

女の子は、そんなことをぼんやりおもいながら、目にぎゅっと力をいれ、ふたたびしっかり目をひらきました。

けれども、目の前にいるはりねずみのすがたはきえません。

ルーチカと目が合った女の子は、「ひっ！」とみじかいさけび声をあげると、両《りょう》手《て》で顔をおおいました。

「たっ、たべないで……。」

大きなはりねずみを前にして、女の子は、こわくて肩《かた》をふるわせています。ルーチカは、あわてていいました。

「たっ、たべない、たべないよ！」

女の子は、そうっと指《ゆび》のあいだからのぞくように、ルーチカをみました。

「……ほんとに？」

「ほんとだよ！　ぼくの大好物《だいこうぶつ》は、りんごなんだから。」

そういって、あたまの上にのせているまっかなりんごを指さして、にこっとわらいました。

女の子は、おそるおそる両手《りょうて》を顔からはなし、ルーチカをまじまじとみました。

「あなた、ほんもののはりねずみ？　なんで、そんなに大きいの？」

もしかしたら、はりねずみの着《き》ぐるみをきた人間かもしれない、そうおもった女の子は、こわごわルーチカにたずねました。

ルーチカは、こまったようにあたまをぽりぽりとかいて、

「うん、ほんもののはりねずみだよ。それに、ぼくが大きいっていうよりも……。」

ちょっといいにくそうに、こうつけくわえました。

「きみのほうが、小さくなっちゃったんじゃないかな。」

「えっ⁉」

女の子はたちあがって、足もとからゆっくりと自分のからだをみつめました。

「わたしのほうが、小さくなった……？」

女の子が、ぽかんとしたままたちつくしていると、ルーチカがにっこりわらっていいました。

「ぼくは、はりねずみのルーチカ。きみは？」

「わたし……？　わたしは、星野《ほしの》りおな……。」

とこたえてから、たったいま気づいたように、

「なんで、はりねずみがはなせるの!?」

とさけんで、あとずさりました。それから、はっとしたように自分の両手《りょうて》を口にあてて、ひとりごとのようにつぶやきました。

「わたしも、ふつうにはなせてる……。」

ルーチカは、ふしぎそうに首をかしげ、それから、あかるい声でいいました。

「うん、そうだね。ぼくたち、ちゃんとはなせてるね。」

そういう意味《いみ》じゃなくて……と、りおなはおもいましたが、そのことはつたえずに話をかえました。

「ええと、わたし……どうしてこんなところにいるの？」

ルーチカは、ざんねんそうに首を横《よこ》にふります。

「それは、ぼくにもわからない。どうやってりおなちゃんが、ひとびとの国から、

このフェリエの国へこられたのか……。」

「フェリエの国？」

「うん。それに、どうしてぼくとおなじくらいの背《せ》たけになっちゃったのか、っていうこともね。」

ルーチカは、りおなをあんしんさせるような声でいいました。

「よかったら、いっしょに朝ごはんでもたべながら、ここにくる前になにがあったのか、話をきかせてくれない？　ぼくの家、すぐそこなんだ。あ、この森には、きみをたべちゃうようないきものはいないから、あんしんしてね。」

ルーチカはそういって、自分の家を指《ゆび》さしました。

りおなは、こくんとうなずいて、ルーチカのあとについていきました。そうして、まだはっきりとしないあたまのなかで、ここにやってくる前におこったできごとを、少しずつおもいだしていきました。

ゆううつな新《しん》学《がっ》期《き》

「あーあ……。」

ひざの上であまえている、茶トラねこのマロンをなでながら、りおなはふかいためいきをつきました。

もうすぐ春休みもおわり、いよいよ小学二年生の新学期《しんがっき》がはじまります。

春休みのあいだには、動物園《どうぶつえん》につれていってもらったし、おかあさんといっしょにクッキー作りにも挑戦《ちょうせん》したし、家族《かぞく》でひろい公園にでかけてお花見もしました。

もうじゅうぶん、春休みをたのしんだのです。

それでもりおなは、学校にいきたくありませんでした。学校にいくことをかんがえただけで、胸《むね》がどきどきしてきて、おなかのあたりがずしりとおもくなってくるのです。

「マロンはいいよねえ。ずっと家にいられるんだもの。」

りおなが耳のうしろをかいてあげると、マロンはきもちよさそうに目をつむり、ごろごろとのどをならしました。

ほんとうに、ねこはいいなあ、と、りおなはおもいます。自由《じゆう》きままにいきているだけで、みんなにかわいがってもらえるのだから。もちろん、学校にもいかなくていいし、はたらかなくてもいいのです。

「マロンは、かわいがられることがしごとだもんね。」

自分もマロンみたいにいきられたらいいのに……。

ふと時計をみると、夜の六時をまわっていました。きっともうすぐ、一階《かい》のキッチンにいるおかあさんから、「ごはんよー。」と声がかかるころでしょう。

夕ごはんをたべて、そのあとテレビをみて、おふろにはいって、ねむりについて、そうして、朝《あさ》おきたら……。

（このまま、どこかとおくへいってしまいたい……。）

りおなはおもいました。でも、どこかとおくって、いったいどこだろう。

学校なんて、いかなくてもいいところ。マロンみたいに、自由《じゆう》きままにいきてても、だれからも、なにもいわれないところ。きれいなお花がさいていて、きもちのいい風がふいていて……。かわいい動物《どうぶつ》がたくさんいるような森のなかだったら最《さい》

高《こう》だな。おいしいものをたべて、だいすきなピアノをひいてるだけで、くらしていけるような場所《ばしょ》。わたしがピアノをひくと、森の動物《どうぶつ》たちがたくさんでてきて、うたったり、おどったりしてくれる。そんな、童話《どうわ》の世界《せかい》みたいな夢《ゆめ》の国にすむことができたら……。

ありもしない空想《くうそう》を、あれこれおもいめぐらせていたときです。

ひざの上であまえていたマロンが、きゅうに耳をぴんとたてて、窓《まど》のほうをみつめました。そうして、目の前にあった勉強机《べんきょうづくえ》の上にとびのると、二階《かい》の窓から庭《にわ》の一点をじっとみおろしているのです。

「マロン、どうしたの。」

りおなもいすからたちあがり、マロンのみつめている場所に目をやりました。すると、夕やみにつつまれた庭のかたすみで、なにかがぼうっと白くひかっているのがみえたのです。

「なんだろう、あれ……。」

窓をあけてみましたが、あたりがうすぐらくて、よくみえません。

りおなは、一階《かい》におりていき、リビングのはきだし窓《まど》から庭《にわ》にでました。そうして、白くひかっている場所《ばしょ》へちかづいていくと……。

きのうふった雨のせいでしょうか。五センチほどのかさをもった白いきのこが、下草のあいだから顔をだしていたのです。

ふしぎなのは、そのはえかたでした。ちょうど、こどもがひとりはいれるくらいの大きさの円をえがくように、にょきにょきとはえていたのです。

（どうして、こんなかたちに、きのこがはえてるんだろう……。）

それは、ほんとうにふしぎな光景《こうけい》でした。枝《えだ》をひろって、自分が土の上に円をえがいたとしても、これほどきれいにはえがけないでしょう。

きのこの輪《わ》をじっとみていると、なんだかりおなはあたまがぼうっとしてきて、まるでそこだけが別世界《べっせかい》のようにおもえてきました。

(この輪のなかへ、一歩でも足をふみいれたら、底《そこ》なし沼《ぬま》みたいにどんどんしずんでいって、どこかしらない場所《ばしょ》へひきずりこまれてしまいそう……。)

そんなことをふとおもったとたん、りおなはなんだかこわくなってきて、家のなかへもどろうとしました。と、そのとき。

きのこの輪のなかで、なにかが、きらり、とひかったのです。

それは、とてもこころひかれる、ふしぎなかがやきでした。風がそよぐたびに、下草のなかから、ちらちらとみえかくれするそのひかりから、りおなは目がはなせなくなってしまったのです。

(きのこの輪のなかに、はいってはだめ。)

こころのどこかから、そんな声がきこえてきます。でも、そのひかりのことが気になって、どうしても家にもどることができません。

りおなはとうとう、かぐわしい花の香《かお》りにひきよせられるチョウのように、ふらふらときのこの輪《わ》のなかへ足をふみいれてしまいました。

（…………）

心配《しんぱい》したようなことは、なにもおこりません。

（そりゃそうだよね。こんなところに、底《そこ》なし沼《ぬま》があるはずないもん。）

りおながその場にしゃがみこんで、
下草のあいだできらめく小さなひかりに顔をちかづけてみると……。

それは、金色にかがやく、小さな小さな鈴《すず》でした。

まるで、夜空から月のかけらがおちてきて、ひっそりと草のなかでねむっていたかのような……。

（なんてきれいなの……。）

りおなはおもわず手をのばし、そうっと金色の鈴をひろいあげました。

そのとき、ふいにやさしい風がふきぬけて、あまい草花の香りが鼻《はな》をかすめたか

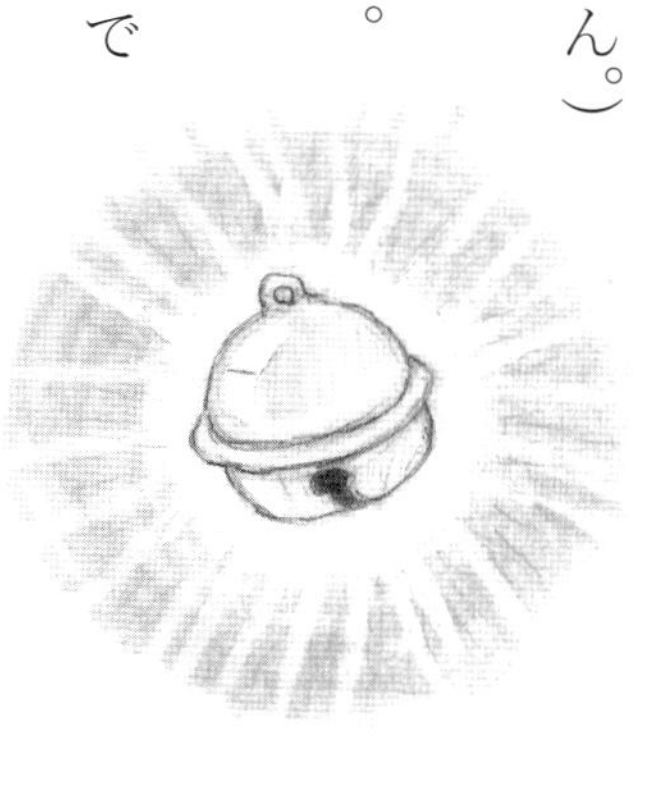

とおもうと、足もとがぬけるような感覚《かんかく》とともに、暗《くら》くてふかい穴《あな》のなかへ、どこまでもどこまでもおちていったのです。

妖精《ようせい》の輪《わ》

「……それで、気がついたらくらい森のなかにいて、庭《にわ》にあったのとそっくりなきのこの輪《わ》のなかでたおれていたの。わたし、とてもこわくなって、とにかく森からぬけだささなきゃっておもって、あちこちあるきまわったんだけど、とにかくねむくてたまらなくて……。とうとうがまんできなくなって、あの木の下でねむっちゃったの。」

りおなは、自分の家の庭で、ふしぎなきのこの輪をみつけたこと、そして、その輪のなかにはいって、きれいな金の鈴《すず》をひろったとたん、底《そこ》がぬけたようにふかい穴《あな》のなかへとおちていき、気がついたら森のなかにいたことをルーチカにはなしました。

「なるほどね。なんとなく事情《じじょう》がわかってきたよ。」

ルーチカは、パンのおかわりをりおなにすすめながら、こんな話をはじめました。

「ここは、フェリエの国のなかにある『フェリエの森』っていうんだ。ここには、いろんな動物《どうぶつ》や、妖精《ようせい》たちがすんでいて、

それぞれが自分にぴったりの家を、お気に入りの場所《ばしょ》につくって、なかよくくらしているの。」

「妖精《ようせい》もすんでるの!?」

りおなはおどろいて、おもわずたちあがりそうになりました。ルーチカはうなずいて、

「妖精もいるし、目にはみえない精霊《せいれい》たちもいる。きみの世界《せかい》ではみかけないような、ちょっとふしぎないきものたちもいるよ。」

とこたえました。それをきいたりおなは、目をかがやかせました。

(まるで、わたしがここにくる前に、おもいえがいていた場所そのもの……。これって、夢《ゆめ》がかなったってこと……?)

童話《どうわ》にでてくるような世界に、自分がやってきたことをしったりおなは、うれしくて胸《むね》がどきどきしました。りおなが夢みていたことなど、もちろんしらないルーチカは、そのまま話をつづけます。

「りおなちゃんのすんでいるひとびとの国と、このフェリエの国は、あんがいちか

くにあって、ぼくも、ときどき、とくべつな穴《あな》をとおりぬけて、ひとびとの国にあそびにいくんだ。だから、きみの国のことはよくしってるよ。」

「そうだったの⁉　でも、あなた……ルーチカみたいに話をする動物《どうぶつ》なんて、みたことないわ。」

ルーチカはくすっとわらいました。

「赤ちゃんとか、まだ小さいこどもたちは、ぼくがそばにいくと手をふってくれたり、いっしょにあそんでくれたりもするよ。動物たちとも、ぼくらはすぐになかよくなれる。だけど、ほとんどのおとなのひとたちは、ぼくに気づかないんだ。」

「きっと、おとなたちは、ルーチカのことがみえていないのね。」

りおながいうと、ルーチカもちょっとさびしそうにうなずきます。

「でも、おとなのなかにも、ごくたまに気づいてくれるひとたちもいるよ。」

「それって、どういうひとたち？」

「きっと、小さかったころのきもちを、ずっとわすれずにいるひとたちなんじゃないかな。」

「小さかったころのきもちを、ずっとわすれずにいるひとたち……。」

りおなは、つぶやくようにくりかえしました。

「とにかく、できるだけはやく、きみをひとびとの国へかえしてあげなくちゃね。」

「えっ。」

せっかく夢《ゆめ》がかなったんだから、すぐにかえらなくてもいいのよ、とつたえようとしたとき、すかさずルーチカがいいました。

「だって、とつぜんこの世界《せかい》にまよいこんじゃったのなら、きっと家族《かぞく》のひとたちが心配《しんぱい》してるよ。それに、もうすぐ春休みがおわるのなら、新学期《しんがっき》にまにあわなくなったらたいへんだ。」

「あ、う、うん……。」

(新学期になんて、まにあわなくていいのに……。)

でも、自分のことを心配してくれているルーチカに、りおなはほんとうのきもちをいいそびれてしまいました。

ルーチカは、テーブルの上に地図をかくように

指先《ゆびさき》をうごかしながら、話をつづけました。

「ひとびとの国と、このフェリエの国は、とくべつな穴《あな》でつながっているって、さっきいったでしょ。その穴は、シルタ川という川を、ふねにのってくだっていったところにある、大きなどうくつのなかにあるんだ。そこには、ひとびとの国へとつづくトンネルのような穴があって、先にいくほどどんどんせまくなっていくの。つまり、人間がとおれる大きさじゃないんだ。」

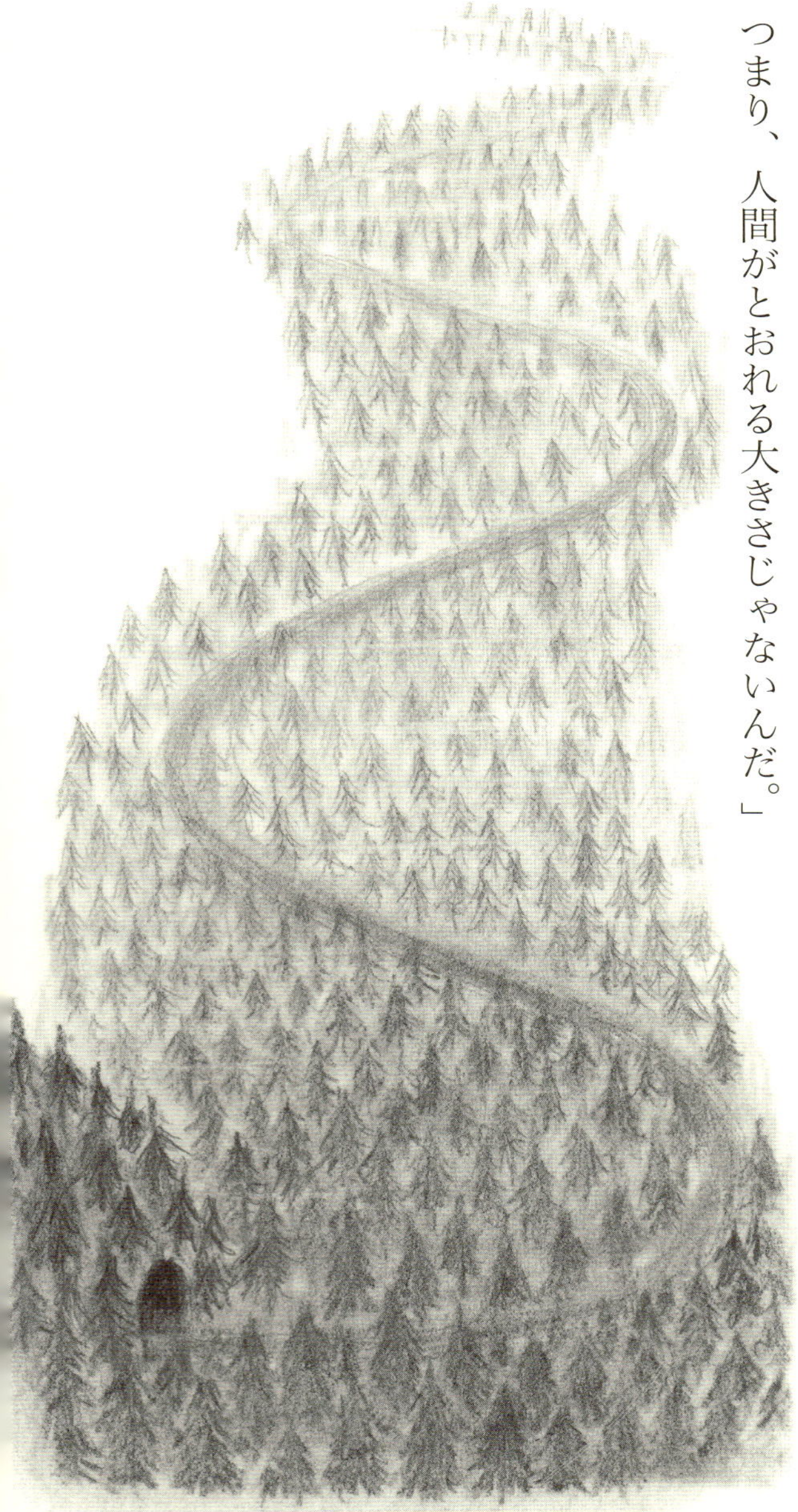

「つまり、フェリエの国のみんなは、わたしたちの国にこられるけれど、わたしたちの国からはフェリエの国にいくことができない、ってこと？」

ルーチカはうなずきます。

「その穴《あな》は、人間だと赤ちゃんでもとおれない。だから、きみがどうやってここにこられたのかは、ぼくにもわからないんだ。もうひとつふしぎなのは、さっきのりおなちゃんの話によると、ひとびとの国の季節《きせつ》が春だっていうこと。この国の季節は、今は秋なんだよ。」

「えっ！」

りおなが外に目をやります。今まで気づきませんでしたが、たしかによくみると、木々《きぎ》の葉《は》っぱの色が赤や黄色にそまりはじめていました。

「ひとびとの国とおなじように、このフェリエの国にも四季《しき》があって、ふたつの国は同じ順番《じゅんばん》で季節がめぐっているんだ。それなのに、ふたつの国の季節はなぜかずれてしまってる。それが、すごくふしぎなんだよね。」

ルーチカの話をきいて、りおなもほんとうにふしぎだとおもいました。

「だけど、きみの背《せ》が小さくなってしまったわけは、話をきいてわかったよ。その白いきのこの輪《わ》は、きっと『妖精《ようせい》の輪』だとおもうんだ。」
「妖精の輪？」
「うん。きみの世界《せかい》にも、いろんな妖精たちがいるからね。ただ、みえるひとと、みえないひとがいるけれど。そのなかでも、
風の妖精たちは、月のきれいな夜に、みんなであつまって、舞踏会《ぶとうかい》をひらくのがすきなんだ。
風の妖精たちが輪になっておどると、その場所《ばしょ》の草がふわふわと風にふかれて、まるいかたちができるの。そうして、明け方になって
風の妖精たちがきえてしまったあとに、まるいかたちになった草の上には、白いきのこが輪になってはえてくるんだ。その輪のなかに、足をふみいれると、風の妖精の魔法《まほう》にかかって、

からだが小さくなってしまうんだよ。ぼくも前に、ともだちといっしょに妖精《ようせい》の輪《わ》のなかへ足をふみいれてしまって、からだがとっても小さくなってしまったことがあるから、りおなちゃんの背《せ》が小さくなってしまった理由《りゆう》は、それにまちがいないよ。」

「そうなんだ……。」

あのきのこの輪に、そんなたいへんな魔法《まほう》がかけられていたなんて……。

「だけど、いったいどうやって、その魔法をといたの？」

りおなが、首をかしげると、ルーチカがこたえました。

「金の鈴《すず》だよ。」

「金の鈴？」

「うん。風の妖精たちは、手足に金の鈴をつけてまいおどるの。やわらかな衣《ころも》を、こんなふうにはためかせてね、シャラン、シャラン……って、すきとおるような鈴の音をひびかせながら、ふわりふわりとまいおどって……それはもう、息《いき》をのむほどにきれいなんだ。きみがひろった金の鈴はきっと、風の妖精がおとしていったものにちがいないよ。それをかえしてあげれば、お礼《れい》にきっと、きみの背をもとにもどしてくれるはずだよ。ぼくたちも、そうやってもとにもどれたんだ。」

その話をきいて、りおなは、はっとしたように自分の両手《りょうて》をみつめました。

「そういえば……、あの金の鈴《すず》、いったいどこへいっちゃったんだろう。」

ルーチカは、あせったようにいいました。

「ひろったんじゃなかったの？」

「ひろったよ。ひろったんだけど、ここにやってきて、気がついたときにはもう、手にもっていなかったの。」

「それなら、ここへやってきたときに、びっくりしておとしちゃったんだよ。妖精《ようせい》の輪《わ》のなかか、そのちかくにおちているはずだから、すぐに妖精の輪までもどって、さがしてみよう。」

すると、りおなはかなしそうに首を横《よこ》にふりました。

「くらい森のなかを、あちこちあるきまわったから、妖精の輪がどこにあるのか、わからなくなっちゃった……。」

時間と空間のすきま

「とにかく、いそいで妖精《ようせい》の輪《わ》をさがそう。妖精の輪は、いつきえてしまうか、わからないから。」

ふたりはさっそく家をでて、妖精の輪をさがしはじめました。

「まわりの景色《けしき》は、どんなかんじだった？」

「うーん……。森のなかって、どこをみても同じにみえるっていうか……。」

「なにか、目印《めじるし》になるようなものも、みあたらなかった？」

「あたりはもう日がくれていたから、あまりよくみえなかったの。」

あれこれはなしながらあるいているうちに、ふたりは、ノッコの家のそばまでやってきました。

「みて。ここは、ぼくのともだちの家なんだ。」

ルーチカがそういいながら、木の上を指《ゆび》さすと――

「わあ……ツリーハウスだ！」

りおなは、大きな木の上にある家をみあげて、おもわずさけびました。

それは、ふとい枝《えだ》の上にまたがるようにたてられている家でした。赤い屋根《やね》のかわいい家で、ドアの前には、下にむかってなわばしごがおりています。これをつかって、のぼっていくようです。

りおなは、これと同じような家を、写真《しゃしん》でみたことがありました。若葉《わかば》がこんもりしげった大きな木の上に、ふとい枝《えだ》にささえられるようにして、木づくりの家がたっていたのです。

「こういう家を、ツリーハウスっていうんだよ。」

そのとき、おとうさんが教えてくれました。いつの日か、ツリーハウスのなかにはいってみたいとおもっていたりおなでしたが、あこがれていたその家が目の前にあるのです。

「すてきなおうちね！」

りおなが目をかがやかせると、ルーチカもうれしそうにいいました。

「ここにすんでいるのは、ノッコっていう名前の、森の妖精《ようせい》の女の子なの。ちょっとたちよって、妖精の輪《わ》をどこかでみかけなかったか、たずねてみよう。」

森の妖精の女の子、ときいて、りおなはどきっとしました。

（どんな女の子だろう……。ちゃんとお話すること、できるかな……。）

りおなが、まごまごしているあいだに、ルーチカがなわばしごに手をかけて、どんどんのぼりはじめました。

ルーチカは、なれたようすで、すいすいとのぼっていき、あっというまに上までたどりつきました。

「さあ、りおなちゃん、どうぞ。」

ルーチカが、なわばしごの上のほうを、両手《りょうて》でおさえながら声をかけました。

いよいよつぎは、りおなの番です。

なわばしごをのぼるのは、これがはじめてのこと。

どきどきしながら両手ではしごをつかみ、まずは右足をのせ、もうかたほうの左足もはしごにのせようとしたとき、

「わあっ！」

地面《じめん》から足がはなれたとたん、なわばしごが、前後に大きくゆれたので、りおなはバランスをくずしてしまいました。ぶらぶらとゆれるなわばしごをのぼるのは、なんてむずかしいのでしょう。

「りおなちゃん、だいじょうぶ!?」

ルーチカが、身《み》をのりだして声をかけます。

「うん。だいじょうぶ。」

はじめは、バランスをとるのがたいへんでしたが、りおなはすぐにコツをつかんで、じょうずにのぼりはじめました。

「なんだかたのしいね。」

りおなは、胸《むね》がわくわくしてきました。元気よくなわばしごをのぼるりおなをみて、ルーチカも笑《え》みがこぼれます。

りおながぶじに上までのぼりきると、ルーチカが、トントン、と家のドアをたたきました。

「こんにちは、ノッコ。ルーチカだよ。」

すると、ドアのむこうから、

「ちょっとまっててー！」

と、あかるくひびく声がきこえてきました。

少し間をおいて、いきおいよくドアがひらき、赤いうさぎのかぶりものを身《み》につけた女の子が、ひょいっと顔をだしました。

「おまたせ、ルーチカ。ちょうどいま、煎《せん》じ薬《ぐすり》をつくってたものだから……あら、今日はめずらしいお客《きゃく》さんといっしょなのね。」

ノッコは目をまるくし、それからすぐに、したしみのこもった声でいいました。

「こんにちは、あたしの名前はノッコ。あなたは？」

「こっ、こんにちは。わたしの名前は……星野《ほしの》りおなっていいます。」

りおなが緊張《きんちょう》しながらあいさつすると、
ノッコはひとなつっこい表情《ひょうじょう》で、にこっとわらいました。

「ようこそ、フェリエの国へ。」

とつぜん、みしらぬ人間のこどもがやってきたというのに、
ノッコが気軽《きがる》にはなしかけてくれるので、りおなはおどろきました。

ルーチカと同じように、出会ってすぐに、まるでなかのいいともだちどうし
みたいに、やさしい笑顔《えがお》をみせてくれたのです。

（この国の子たちって、みんなこうなのかしら……。）

りおながそんなことをおもっていると、ノッコが、大きくドアをひらいて、

「どうぞ、なかへはいって。」

と、ふたりをまねきいれました。

「すぐにお茶をいれるから、そこのテーブルの、すきないすにすわっててね。」

ノッコは、そうふたりにつたえて、お茶をいれはじめました。

部屋《へや》をそっとみまわしてみると、かべぎわにあるたなに、ふたがついた大きなガラス容器《ようき》がいくつもならんでいるのが目にはいりました。なかには、さまざまな種類《しゅるい》の乾燥《かんそう》させた草花がはいっています。

「あ、それね、薬草茶《やくそうちゃ》やハーブティーだよ。」

ガラス容器をじっとみつめていたりおなに、ルーチカが声をかけました。

「ノッコは森の妖精《ようせい》だから、いろんな植物《しょくぶつ》にくわしいの。よく、薬草の森にでかけては、いろんな植物をつんできて、健康《けんこう》にいいハーブティーや、薬草茶や、薬《くすり》や軟膏《なんこう》をつくってくれるんだ。」

「えっ、自分で薬《くすり》もつくれるの!?　すごいなあ。」

りおながびっくりしたようすでいうと、ノッコははずかしさをごまかすように、

「そんな、たいしたことじゃないわよ。」

とわらいながら、きれいな色のハーブティーをはこんできました。

「はい、どうぞ。」

ルーチカとりおなは、さっそくノッコのいれたハーブティーをごちそうになりました。

「わあ……とってもいい香《かお》りね。」

それは、すきとおったレモン色をしたお茶で、ひと口のむと、ほっとするようなやさしい香りと、ほんのりあまい味《あじ》がしました。

こころがふわりとゆるむような味です。つづけてふた口、三口……とのむりおなをみて、ノッコがうれしそうにいいました。

「カモミールのお花でつくったハーブティーよ。このお茶には、きもちがおちついて、ほっとする効果《こうか》があるんだ。」

それをきいたりおなは、はっとして、ノッコの顔をみつめました。

（ノッコちゃんっていう女の子……、わたしが緊張《きんちょう》してるとおもって、このお茶をえらんでくれたんだ。）

ノッコのやさしさに、りおなは胸《むね》がじんとして、あたたかいものが胸のおくにひろがっていくのをかんじました。

「さて、それじゃあ話をきこうかな。ここにきたのは、なにかわけがあるんでしょ。」

ノッコがむかいのいすにすわりながらそういうと、ルーチカはうなずいて、きのうと今朝におこったできごとをはなしました。

「……ふぅん。なるほどね。それで、妖精《ようせい》の輪《わ》をさがしているってわけか。」

「そうなんだ。ノッコは、どこかでみかけなかった？」

ルーチカがたずねると、ノッコは首を横《よこ》にふりました。

「妖精の輪は、ずいぶんながいこと、みてないわね。」

「そうか……。」

ルーチカは、ざんねんそうにつぶやいて、

「もうひとつ、ノッコにききたいことがあるんだ。」

といって、話をつづけました。

「ぼく、りおなちゃんの背《せ》が小さくなった理由《りゆう》はすぐにわかったんだけど、どうしてこのフェリエの国にまよいこんだのか、そして、なぜふたつの国の季節《きせつ》がずれてしまっているのかがわからないんだ。

ノッコはどうしてだとおもう？」

「うーん、そうねえ。」

ノッコは、右手をあごにあてて、天井《てんじょう》をみあげると、

「たぶん、こういうことなんじゃないかな。」

と自分のかんがえをはなしはじめました。

「それはきっと、ひとびとの国にできた妖精《ようせい》の輪《わ》と、フェリエの国にできた妖精の輪が、ぐうぜんつながってしまった、ってことなんじゃないかしらね。ひとびとの国には、『時間と空間のすきま』が、あちこちにできるらしいから、フェリエの国とひとびとの国に、同時にできた妖精《ようせい》の輪《わ》がつながって、『時間と空間のすきま』

のトンネルになった。そこへ、りおなちゃんが足をふみいれてしまって、フェリエの国にはいりこんだ……ってかんがえれば、つじつまが合うわよね。」

「『時間と空間のすきま』って？」

りおなが首をかしげると、ノッコが説明《せつめい》しました。

「『時間と空間のすきま』っていうのは、毎日あたり前にすごしている時間の流《なが》れや、ふつうにくらしているいつもの場所《ばしょ》が、なにかのきっかけで、ちょっとずれてしまったとするでしょ。そのときにできる、すきまのことよ。そういうすきまにうっかりはいりこむと、異世界《いせかい》にまよいこんでしまうんだ。」

わかるような、わからないような。でも、なんとなくわかるような……。

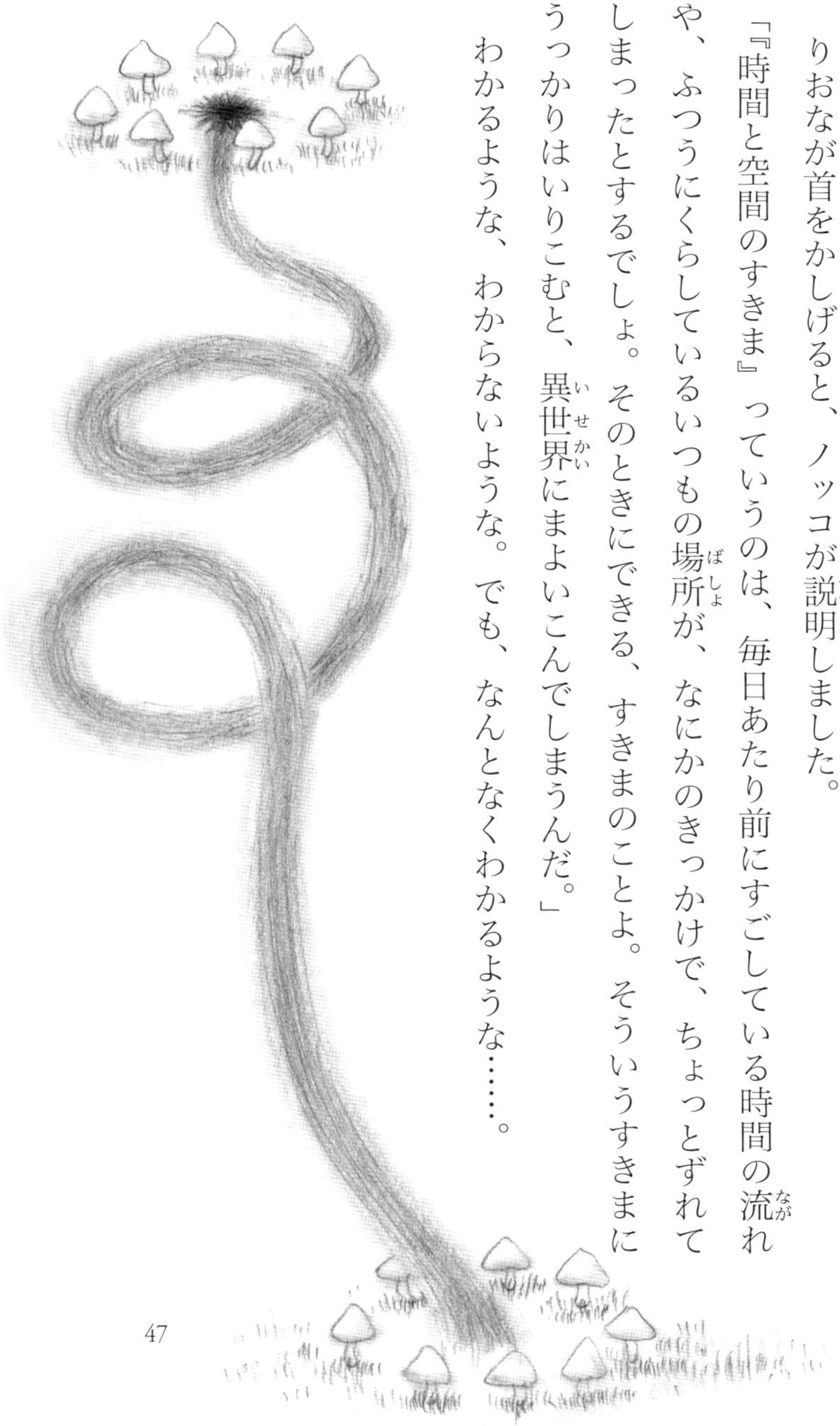

りおなが、あたまのなかで、ぐるぐるかんがえていると、ルーチカがいいました。

「ということは、もういちど同じ妖精《ようせい》の輪《わ》のなかにはいれば、りおなちゃんは、ひとびとの国へもどれるってことだよね？」

「きっと、そうだとおもう。」

「なるほど。りおなちゃんが、ここにこられた理由《りゆう》がやっとわかったよ。りおなちゃんをぶじに、ひとびとの国へかえしてあげるためには、まずは金の鈴《すず》をみつけだして、風の妖精に背《せ》たけをもとにもどしてもらって、それから妖精の輪のなかにもういちどはいれば、ぶじにひとびとの国へかえれる、ってことか。」

ルーチカがそういうと、ノッコがうなずきました。

「あたし、これからりくがめのテールおじいさんのところに、薬《くすり》をとどけにいく約《やく》束《そく》があるから、いっしょにいけないけど、そのあとに妖精の輪をさがしてみるわね。そうだ、ソルのところにもいってみたら？　ソルは、土の下の世界《せかい》にくわしいから、なにかしっているかもしれないわよ。」

「わかった、いってみる。ありがとう、ノッコ。」

ルーチカがたちあがると、りおなもつづいてたちあがり、おずおずとノッコのほうへちかづいていきました。

「ノッコちゃん、いろいろとありがとう。カモミールティー、とってもおいしかった。」

りおなが、いっしょうけんめいきもちをつたえると、ノッコはこぼれるような笑顔《えがお》で、

「ぶじにひとびとの国へかえれるといいわね。あたしも、いろんなところをさがしてみるからね。」

といって、りおなをはげますように、両手《りょうて》をそっとにぎりました。

地下にひろがる部屋《へや》

ノッコとわかれると、ルーチカは、もぐらのソルの家へむかいました。そのとちゅうでも、妖精《ようせい》の輪《わ》をあちこちさがしてあるきました。

「そんなにながいきょりを、あるいたわけじゃないんだよね？」

ルーチカがたずねると、りおなは、こくりとうなずきます。

「でも、森からでようとして、あちこちうごきまわっちゃったから、もしかしたら、おもっているよりもたくさんあるいたのかも……。」

「なるほどね。でも、りおなちゃんの足であるけるはんいだとすると、そんなにとおい場所《ばしょ》じゃないとおもうんだけどなあ。」

ふたりは、大きな木の下や、岩のかげや、草むらの上をいろいろとさがしましたが、なかなか妖精の輪はみつかりませんでした。

「わたしが場所をおぼえていないせいで、さがすのがたいへんになっちゃってごめんね。」

りおなが、しゅんと肩《かた》をおとすと、ルーチカがあわてて、

「そんなこと、気にすることないよ！」

と首を横《よこ》にふりました。

「ここには、たくさんのすてきななかまがいるからだいじょうぶ。みんなが協力《きょうりょく》してくれれば、かならずみつかるよ。」

（すてきななかま……。）

りおなは、こころのなかで、ルーチカのことばをくりかえしました。

（ノッコちゃんも、とてもすてきな女の子だった。ほかにも、ルーチカのまわりには、たくさんともだちがいるんだな……。）

りおなは、ルーチカのことが、ちょっぴりうらやましくなりました。自分も、このフェリエの国の住人《じゅうにん》だったら、すてきなともだちがたくさんできるのかな……そんなきもちが、ふとわきおこってきます。

「みて、あそこがもぐらのソルの家だよ。」

ルーチカが、大きな木の横《よこ》にたっている、ひとつの家を指《ゆび》さしました。その家は、ちょっとした空間があるだけの、とても小さな家でした。

そのとき、ふいにドアがひらいて、丸かごを手にもったソルがでてきました。

「やあ、ルーチカ。」

あいさつしたあと、すぐにりおなのことに気がついて、

「おやっ、今日はどうしたんだい、その子……。」

といって、目をぱちぱちさせました。

「この子はりおなちゃん。みてのとおり、人間の女の子だよ。ひょんなことから、フェリエの国にまよいこんじゃったんだ。」

りおなが、はずかしそうに「こんにちは。」とあいさつすると、ソルは、すぐにやさしくほほえみかけました。

「りおなちゃん、こんにちは。ぼくは、もぐらのソルだよ。ちょうど今、マスカットを収穫《しゅうかく》しようとおもってたところなんだ。りおなちゃんは、マスカットすき？」

ソルは、家のうらのほうを指《ゆび》さします。そこには、マスカットがたわわにみのったぶどうだながありました。

マスカットは、りおながいちばんすきなくだものです。おもわず、

「うん。マスカット、だいすき。」
とうれしそうにこたえると、ソルは、
「よかった！　ぜひ、たべていってよ。」
といいながら、ふたりといっしょに、
ぶどうだなまであるいていきました。
ソルは、ふたりがみている目の前で、
マスカットをどんどん収穫《しゅうかく》していきます。
「おいしそうなマスカットだなあ！
ソルはね、野菜《やさい》やくだものをそだてるのが、
とてもじょうずなんだよ。」
と、ルーチカがりおなに教えてあげると、
丸かごいっぱいにマスカットをとりおえたソルは、
てれくさそうにあたまをかいて、
「そだてることがすきなだけだよ。」

といいながら、ふたりを家へ案内《あんない》しました。

(とても小さな家だけど、ここで、どんなふうにくらしているのかな。)

りおながそんなことをかんがえながら、ソルのあとについていくと、ドアをはいってすぐ目の前に、地下へとつづく階段《かいだん》があったので、おもわず「わあ!」と、おどろきの声をあげました。

「地下にお部屋《へや》があるの?」

ソルは、もちろん、というふうにうなずき、

「ぼくはもぐらだからね。このスコップがあれば、地下に部屋をほるなんて、あっというまだよ。」

と、ユーモアたっぷりにいいました。

左へゆるやかにまがる階段をおりていくと、だんだんとオレンジ色のあかりがみえてきて、階段をおりきったそのむこうには、ひろい居間《いま》がありました。

「さあ、どうぞ。なかへはいって。」

部屋の中央《ちゅうおう》には、丸テーブルといす、かべにそって、キッチンや暖炉《だんろ》があり、さ

らにドアがいくつかあるのがみえます。

「すきなところにすわってね。」

ソルはそういいながら、キッチンでマスカットをあらうと、大きなガラスのうつわにたっぷりいれて、テーブルにおきました。

「たくさんたべてね。」

目の前のマスカットをみて、りおなは目をかがやかせました。ひとつぶひとつぶが、はちきれそうなほどまるまるとしていて、なんておいしそうなのでしょう。

「いただきます！」

さっそくひとつ手にとって、あざやかなきみどり色のマスカットを口のなかにいれました。ぷるんとしたやわらかな実《み》をかんだとたん、みずみずしい味《あじ》とゆたかな香《かお》りが口いっぱいにひろがって、あまりのおいしさに、りおなは夢《ゆめ》ごこちになりました。

「あまくてとってもおいしい！」

りおながとびきりの笑顔《えがお》でいうと、
ソルの表情《ひょうじょう》も、ぱっとあかるくなりました。
「うれしいなあ。自分のつくったものを、
よろこんでたべてもらえることが、
ぼくはいちばんうれしいんだ。」
ソルのしあわせそうな笑顔をみて、
りおなも胸《むね》のおくが、ぽっとあたたかくなりました。
「ほんとにこのマスカット、すごくおいしいよ！」
ルーチカも大よろこびで、マスカットをほおばります。
三人は、とれたてのマスカットを、おなかいっぱいたべました。ひと息《いき》つくと、
ルーチカとりおなが、ここへきたわけをソルにはなしました。
「……そういうわけで、その妖精《ようせい》の輪《わ》と金の鈴《すず》を、ふたりでさがしているんだ。」
「なるほどね……。」
「さっき、ノッコにきいてみたんだけれど、ノッコはみかけなかったっていって

た。それで、『ソルのところにもいってみたら？』っていわれたんだ。『ソルは、土の下の世界《せかい》にくわしいから、なにかしっているかもしれないわよ。』って。」

話をききながら、ソルはどんどんとしんけんな表情《ひょうじょう》になっていきました。じっとかんがえこんだままうごかないソルをみて、ルーチカがたずねました。

「どうしたの？　ソル。」

するとソルは、ゆっくりと顔をあげました。

「ちょっと……。ふたりにみせたいものがあるんだ。ぼくについてきて。」

ソルは、いすからたちあがってランプを手にもつと、部屋《へや》のかべにそっていくつかあるドアのひとつを、ギギーッ……とひらきました。

「みせたいものって、なに？」

ルーチカがたずねても、ソルは「とにかくついてきて。」というだけで、なにもおしえてくれません。

ルーチカとりおなは、わけがわからないままソルのあとについていくと、ドアのむこうには、ゆるやかにカーブしたろうかがつづいていて、かべには、オレンジ色のランプのあかりがてんてんと、ともっていました。

「わあ……、こんなにながいろうかがあったんだ。いつのまにつくったの？」

ルーチカがおどろいてたずねると、ソルはあるきながらこたえました。

「少しずつ部屋《へや》をふやしているんだ。まだつくりかけの部屋もあるし、つかっていない部屋もあるけどね。」

りおなも、地下の空間のひろさにおどろいて、

「こんなにたくさんの部屋があるなんて、おもってもみなかったわ。」

と目をみはりました。

「土のなかはひろいから、あとからいくらでも部屋をふやすことができるんだ。」

ソルは説明《せつめい》しながら、さらにろうかをすすんでいきます。

地下にひろがる部屋は、地上にたてられた家とはちがって、どこかふしぎなふんいきにつつまれているようにかんじられました。

ろうかは、まっすぐのびていたかとおもえば、右や左に回りこんでいたり、ゆるいのぼり坂《ざか》や、きゅうな下り坂になっていたりして、おくへ、おくへとつづいています。ろうかの左右には、ゆったりとした間隔《かんかく》で部屋《へや》のドアがあり、よくみると、ひとつひとつのドアの大きさや、かたちや、模様《もよう》がちがっていました。ソルは、それで部屋の見分けをつけているようでした。

（いったいこの部屋のなかには、なにがあるのかしら……。）

ほのぐらいランプのあかりにてらされた部屋のドアは、どこかひみつめいていていて、土のなかにうめられていた宝物《たからもの》や、とおい昔《むかし》につかわれていた魔法《まほう》の道具《どうぐ》などがかくされているようにおもえて、りおなはわくわくしてきました。

ルーチカも、きょうみしんしんのようすで、きょろきょろとあたりをみまわしながらあるいていると、ようやくソルが、ひとつの部屋の前でたちどまりました。

「さあ、この部屋だよ。」

ソルがドアをあけ、部屋のなかへふたりをまねきいれました。

いったい、なにがあるんだろう……と、どきどきしながらはいっていったふたりは、部屋《へや》のなかをぐるりとみまわして、あっけにとられてしまいました。

「……ねえ、ソル。これは、どういうこと？」

みせたいものがあるといわれて、つれてこられたというのに、部屋のなかにはなにもなく、ただがらんとした空間がひろがっているだけだったのです。

がらんどうの部屋のまんなかで、ルーチカとりおながぼうぜんとたちつくしていると、ソルがとつぜん、手にもっていたランプの火を、ふっとふきけしたのです。

「きゃっ……！」「わっ！」

きゅうに部屋のなかがまっくらになったので、おどろいたふたりは、おもわず声をあげました。

土のなかの部屋には、もちろん窓《まど》はありません。

部屋はいっしゅんで、ふかいやみにつつまれたのです。

「ソル、いったいどうしたの？」

ルーチカが、とまどいながらたずねました。すると、

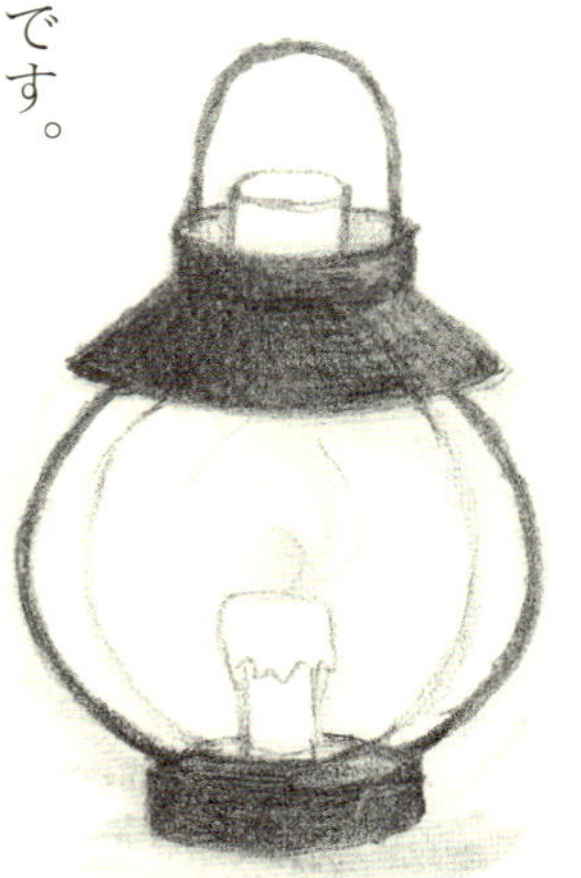

「ごめんごめん。でも、こうしないとみえないんだ。」

と、やみのなかからソルのいつものやさしい声がきこえてきたので、ルーチカはほっとしました。

「だけど、部屋《へや》のなかには、なにもなかったわ。」

りおなが、ふしぎそうにいうと、ソルがこんな話をはじめたのです。

「りおなちゃんのいうとおり、この部屋には、なにもおいていなかった。でもね……そろそろ暗《くら》やみに、目がなれてきたかな。ふたりとも、天井《てんじょう》をみあげてみて。」

ふたりは、ソルにいわれるままに、天井をみあげました。すると、どうでしょう……。

ほの白くかがやくまるい輪《わ》が、土の天井にぼんやりとうかびあがってみえるではありませんか。

「あれは……。」

りおなが、あっけにとられたようすで天井をみつめていると、ルーチカが、「あっ！」と、なにかに気づいたように声をあげました。

「わかった！　あれは、妖精《ようせい》の輪《わ》を下からみたものだ！　地中にのびているきのこの菌糸《*きんし》が、あんなふうにひかってみえるんだ！」

ソルが、うなずいていいました。

「ぼくも今日、気がついたんだ。ふしぎなまるい輪が天井《てんじょう》にうかびあがってみえたから、いったいあれはなんだろうって、ふしぎだったんだけれど、ふたりの話をきいて、もしかしたら……っておもったの。それで、この部屋《へや》までみにきてもらったんだ。」

ルーチカは、目をかがやかせました。

「すごいよ、ソル！　さっそく外にでて、妖精の輪をさがしてみよう。どのあたりになるか、きみならわかるよね？」

ソルは、胸《むね》をポンとたたきました。

「もちろんだよ。ふたりとも、ついてきて！」

はしりだしたソルのあとを、ふたりはいそいでおいかけていきます。

三人は居間《いま》までもどり、そのまま外にでて、白い輪がうかびあがっていた場所《ばしょ》を

＊きのこの、ねっこのようなもの。土や木のなかで、ほそい糸のようにひろがり、栄養《えいよう》をとりいれる。

さがしました。

「ええと……、たしか、このあたりだとおもうんだけれど……。」

みじかい下草のはえた森のなかを、ソルがきょろきょろしながらあるいていると、とつぜん、

「あった！」

とさけんで、うれしそうにかけだしました。

「ほら！」

ソルが指《ゆび》さした場所《ばしょ》をみてみると、そこに、白いきのこがきれいな輪《わ》になってはえていたのです。

ルーチカは、とびあがってよろこびました。

「りおなちゃん、よかったね！　これは、まちがいなく妖精《ようせい》の輪だ。あとは、金の鈴《すず》がみつかれば、ひとびとの国にかえれるよ。」

そのことばをきいたとたん、りおなのこころに、うすい霧《きり》のようなさびしさがひろがっていきました。

「よし、さっそく金の鈴《すず》をさがそう。」

こうして三人は、妖精《ようせい》の輪《わ》の周辺《しゅうへん》を、いっしょうけんめいさがしはじめました。

両手《りょうて》で草をかきわけ、小石のかげも、みのがさないように。

ところが、妖精の輪のちかくでおとしたはずの金の鈴は、さがしてもさがしても、なかなかみつかりません。

「この森で気がついたときには、もう金の鈴を手にもっていなかったから、このあたりでおとしたはずなんだけど……。」

おろおろとするりおなを、ルーチカとソルがはげましながら、ずいぶんながい時間さがしつづけましたが、とうとう金の鈴はみつかりませんでした。

「これだけさがしてもないってことは、先にみつけただれかが、ひろっていったんだね。」

ルーチカがいうと、ソルもうなずきました。

「きっとそうだよ。妖精《ようせい》の金の鈴《すず》は、とてもきれいだから、ここをとおりかかっただれかが、ひろっていったんだ。」

妖精の輪《わ》がみつかっても、金の鈴がみつからなければ、りおなの背《せ》をもとにもどすことはできません。

「こまったなあ。いったい、どうすればいいだろう。」

ルーチカは、すっかりかんがえこんでしまいました。

このひろい森のなかで、金の鈴をひろった住人《じゅうにん》をさがすのは、とてもたいへんです。そのあいだにも、時間は、どんどんすぎていきます。りおなの両親《りょうしん》も、きっと心配《しんぱい》していることでしょう。

そのとき、「そうだ！」とソルが声をあげました。

「今夜、ルクプルの家に、いつものメンバーであつまらない？　みんなでかんがえれば、きっといいアイデアがおもいつくよ。ぼくが、みんなに声をかけておくから、ふたりはそのままさがしつづけて。」

ルーチカはうなずいて、
「それじゃあ今夜、ルクプルの家に集合《しゅうごう》しよう。
それまでにみつかるといいけど。
みつからなかったら、みんなで知恵《ちえ》をだしあおう。」
ルーチカとりおなは、ソルとわかれて、
ふたたび金の鈴《すず》をさがすために、
森のなかをあるきはじめました。

ルクプルの家

ひろいフェリエの森のなか、あてもなく小さな鈴《すず》をさがしつづけるというのは、とてもたいへんなことです。ルーチカは、森の住人《じゅうにん》たちとすれちがうたびに、金の鈴のことをきいて回りましたが、だれもが首を横《よこ》にふるばかりで、日がくれるまでさがしまわっても、けっきょく金の鈴をみつけることはできませんでした。

「一日じゅう、いっしょにさがしてくれてありがとう。」

りおながいうと、

「このくらい、どうってことないよ。」

ルーチカは、りおなをはげますように、にっこりわらいます。

ルーチカのあたたかい笑顔《えがお》をみたりおなは、この国にきてから、ずっとふしぎにおもっていたことを、おもいきってきいてみました。

「あの……、どうして、この国のみんなは、そんなにやさしくしてくれるの？」

ルーチカは、きょとんとした顔で、

「どうして……って？」

「だって、わたしたち、今朝はじめて出会ったばかりだよ。それなのに、なんでこんなに親切にしてくれるの？」

ルーチカは、ちょっとかんがえ、それからあたまをぽりぽりかきながら、

「だれかにやさしくすることに、理由《りゆう》なんてないよ。」

と、てれくさそうにいいました。それをきいたりおなは、
胸《むね》のまんなかが、ふわりとあたたかくなりました。

（自分だったら、できるかな……。出会ったばかりのひとに、
こんなにやさしくするなんて。）

りおなは、このフェリエの国でなら、できそうな気がしました。

でも、自分の国では……。

「りおなちゃん、どうしたの？」

だまったままのりおなをみて、ルーチカが声をかけました。

「ううん、なんでもない。」

「ああ、おなかがすいちゃったんだね！　ぼくも、おなかぺこぺこだよ。今日は一
日じゅう、あるきまわったもんなあ。」

ルーチカが、むじゃきにわらいました。

「これからいくところはね、ルクルとクプルっていう、白ねこと黒ねこのふたご姉妹《しまい》の家なんだ。ふたりとも、料理《りょうり》がとってもじょうずだから、きっと、おいしい夕ごはんを用意《ようい》してくれてるよ。」


ルクプルの家までやってくると、庭《にわ》に大きなテーブルとたくさんのいすがならんでいて、夕食のじゅんびがすすめられていました。

「あ、きたきた。」

「ルーチカ、りおなちゃん、おつかれさま。」

手をふりながらそう声をかけてくれたのは、昼間出会ったノッコとソルです。

ふたりのそばには、きれいな顔立ちのすらりとした少年と、かわいらしいてんとうむしがいて、こちらにむかってほほえんでいます。

「こんばんは、りおなちゃん。
ぼくはトゥーリ。
話はソルからきいたよ。」
「はじめまして、りおなちゃん。
ぼくはニコ。
いろいろたいへんだったね。」
「こんばんは……。」
かちかちになりながら、
たどたどしくあいさつするりおなを、
みんなはあたたかく
むかえいれてくれました。

どこからともなく、いいにおいがただよってきたかとおもうと、家のなかから、かわいらしい白ねこと黒ねこのふたご姉妹《しまい》が、料理《りょうり》のもりつけられたお皿《さら》をもってでてきました。ふたりは、「あら！」と声をあげ、ルーチカとりおなに笑顔《えがお》ではなしかけました。

「はじめまして、りおなちゃん。わたしは白ねこのルクル。」

「わたしは、黒ねこのクプルよ。ソルとノッコから、話はきいてるわ。一日じゅうあるきまわって、つかれたでしょう。さあ、すわって。」

みんなにあたたかくむかえられたりおなは、はずかしいような、うれしいようなきもちでいすにすわりました。

ルクルとクプルは、くるくるとうごきまわりながら、テーブルの上に、できたての料理をどんどんならべていきます。目の前につぎつぎにおかれていく料理をみて、みんなが歓声《かんせい》をあげました。

「わあ、すごくおいしそう。ぼく、もうまちきれないよ！」

くいしんぼうのソルがそういったとたん、おなかが、「ぐぅ。」となったので、みんなはどっとわらい、ソルはてれくさそうにあたまをかきました。

「それじゃあ、さっそくたべましょう。」

「みんな、たくさんたべてね。」

ルクルとクプルがそういうと、みんなは、

「いただきまーす！」と元気な声をあげて、
さっそく料理《りょうり》をたべはじめました。

「もぐもぐ……、うーん、おいしいなあ。」

「やっぱり、ルクプルの料理は最高《さいこう》だよ！」

あちらこちらから、そんな声がきこえてきます。

りおなも、ルクルとクプルの料理を
ひと口たべたとたんに目をまるくし、ひとみをかがやかせました。

「おいしい……すごく、おいしい！」

それをきいたルクルとクプルは、顔をみあわせて、

「よかったわ！」

と大よろこびして、手をとりあいました。

ルクルとクプルの料理《りょうり》は、カラフルで、かたちもかわいらしく、味《あじ》もとてもおいしくて、いくらでもたべられそうでした。

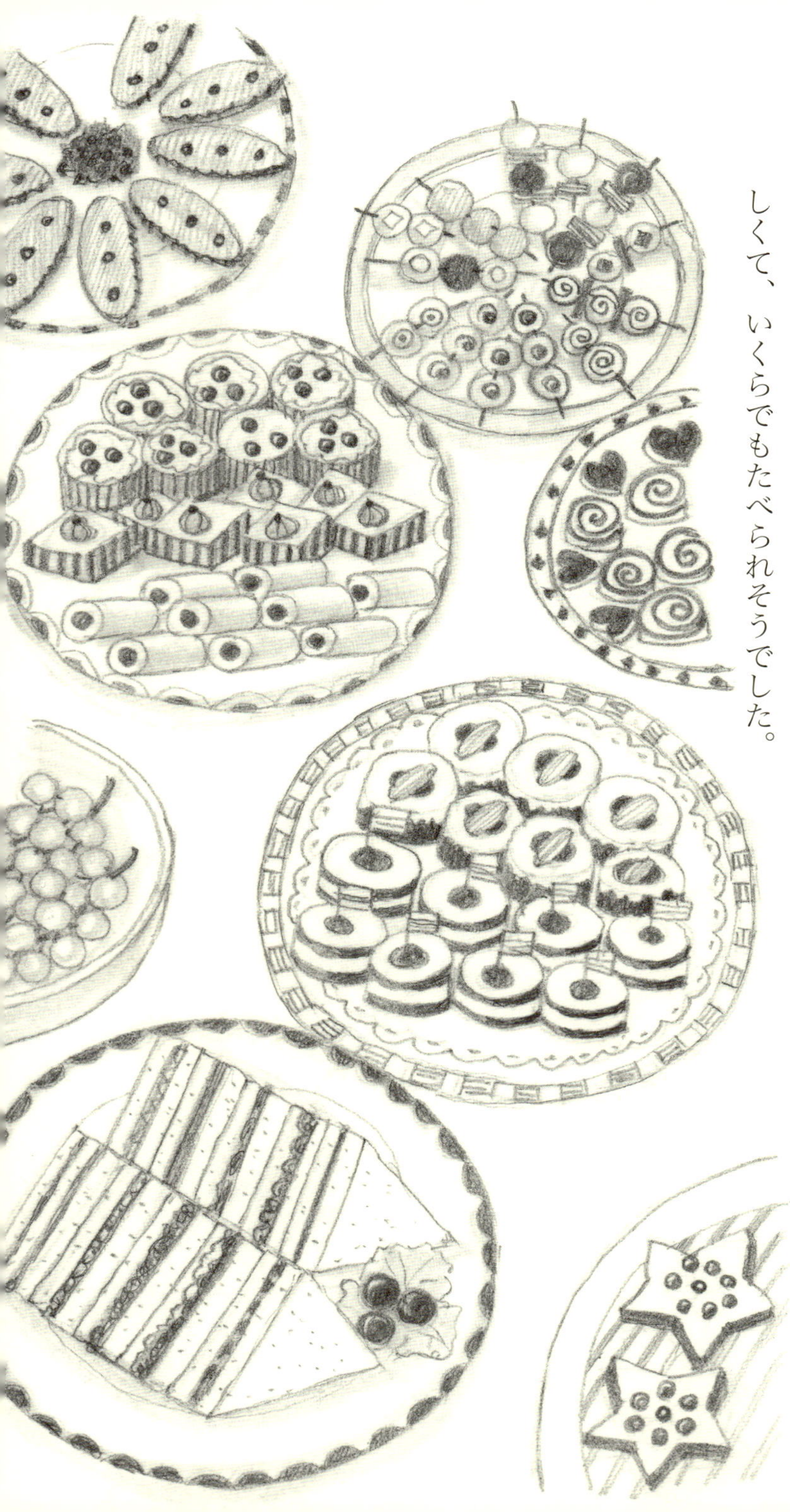

けれども、それだけではなく、ルクルとクプルの料理《りょうり》は、いままでにたべたことのないような、とてもしあわせな味《あじ》がしました。こころがぽかぽかの日だまりにつつまれて、心配《しんぱい》や不安《ふあん》が、そのあたたかさのなかにとけていくような味。胸《むね》のおくに、やさしいきもちがひろがって、なにもかもが、かがやいてみえてくるような……。ふたりの料理は、そんなすてきな味だったのです。

いつのまにか、空いっぱいに星がまたたいていました。りおなは、こんなにうつくしい星空を、いままでにみたことがありませんでした。

(ああ、なんてたのしいんだろう。)

ついきのうまでは、新学期《しんがっき》のことをかんがえてゆううつになっていたのに、今は満天《まんてん》の星の下で、こころやさしいなかまにかこまれながら、おいしい料理をたべているなんて、まるで夢《ゆめ》のようです。

(この国は、ほんとうにふしぎな場所《ばしょ》……。)

フェリエの国の住人《じゅうにん》たちは、みんなこころのドアがひらいていて、そのなかにいつでもあたたかくむかえいれてくれるのです。

そんなふうにできるフェリエの国の住人《じゅうにん》たちのこと
が、りおなはとてもまぶしくみえました。
「……ということだよね、りおなちゃん。」
かんがえごとをしていたりおなは、
ルーチカにはなしかけられたことに気がついて、
はっと顔をあげました。どうやらルーチカが、
今日一日のことを、みんなにはなしてくれていたようです。
「それで、あちこちさがしまわったんだけれど、
金の鈴《すず》はみつからなかったの。
これからいったい、どうすればいいのか、
みんなに相談《そうだん》したくて、あつまってもらったんだ。」
ルーチカがいうと、りおなが、
「わたしが金の鈴をなくしてしまったせいで、
こんなことになっちゃって、ほんとにごめんなさい。」

と、肩《かた》をおとしました。みんなは首を横《よこ》にふって、

「そんなこと、気にすることないよ。」

「きっと、金の鈴《すず》がみつかって、ひとびとの国へかえれるからだいじょうぶ。」

と、くちぐちにいって、りおなをはげましました。

「だれかが、妖精《ようせい》の輪《わ》のちかくにおちていた金の鈴をひろっていったとなると、フェリエの森の住人《じゅうにん》たちに、きいてまわるしかないね。」

ニコがいうと、ルーチカがこまった顔でいいました。

「だけど、フェリエの森の住人はたくさんいるから、ひとりひとりにきいてまわっていたら時間がかかりすぎるよ。いっこくもはやく、ひとびとの国にかえらないと、おとうさんもおかあさんも心配《しんぱい》するし、それに、もうすぐ春休みがおわって学校がはじまるんだって。」

「ええっ、そうなの!?」

「それはたいへんだ。」

「それまでに、りおなちゃんを、ひとびとの国へかえしてあげないと！」

のんびりしていられないことをしったみんなは、身《み》をのりだして、あれこれアイデアをだしはじめましたが、なかなかいい案《あん》がうかびません。

みんながすっかりかんがえこんでしまったとき、ノッコが、ふと、こんなことをいいだしました。

「ひとりひとりの家をたずねてまわるのは、たしかに時間がかかりすぎるわよね。おとしもののはり紙をはっても、いつ、ひろってくれたひとがあらわれるか、わからないし。だったら、なかまがたくさんあつまっている場所《ばしょ》にこちらからたずねていって、そこでみんなにきいてみればいいんじゃない？」

ソルが、「うーん。」とうでをくみました。

「たとえば、青空マルシェとか？　でも、つぎに青空マルシェがひらかれるのは、ずいぶん先だよ。」

「お月見会も、ハロウィンパーティーも、まだ先だしなあ。」

ニコも、ざんねんそうに触角《しょっかく》をまげました。

「それだったら、」と、トゥーリがなにかをおもいついたように、口をひらきました。

「『森のピアノ』の前で演奏会《えんそうかい》をするのはどうだろう。あそこには、ピアノずきのなかまがいつもあつまっているから、ピアノに合わせて、ぼくが即興《そっきょう》で笛《ふえ》の演奏をすれば、それをききつけた森の住人《じゅうにん》たちが、あつまってくれるんじゃないかな。」

それをきいたりおなが、トゥーリにたずねました。

「森のピアノって？」

「ニコが、森のなかでみつけたふるいピアノのことだよ。」

トゥーリがこたえると、ニコがうれしそうに説明《せつめい》をはじめました。

「前に、ぼくが森のなかで、うちすてられたふるいピアノをみつけたの。ピアノはこわれていて、音がならなかったんだけど、*ピアノ調律師《ちょうりつし》さんが、きれいになおしてくれたんだ。そうしたら、とってもきれいな音がでるようになって、ピアノずきなかまたちが、毎日のようにひきにくるようになったの。そのピアノは、みんなから森のピアノとよばれるようになって、たくさんのなかまがあつまるいこいの場《ば》

＊ピアノの音を正しくととのえたり、こわれたピアノの修理《しゅうり》をしたりするひと。

所《しょ》になったんだ。」

それをきいたりおなは、目をかがやかせました。

「わたし、ピアノをならっているの。森のなかに、自由《じゆう》にひけるピアノがあるなら、わたしもひいてみたい。」

トゥーリが、パチンと指《ゆび》をならしました。

「それはいいね！　いいことをおもいついたよ。ぼくとりおなちゃんで、笛《ふえ》とピアノの合奏《がっそう》をするんだ。そうすればきっと、演奏《えんそう》をききつけた、たくさんの森の住人《じゅうにん》たちがどんどんあつまってくれるよ。演奏がおわったら、あつまってくれたなかまたちに、金の鈴《すず》のことをたずねてみるっていうのはどうだろう。」

ルーチカが、おもわずいすからたちあがりました。

「それ、すごくいいアイデアだよ！　そこにいるひとたちのなかに、金の鈴をひろったひとがいるかもしれないし、もしもいなかったとしても、そのひとたちの家《か》族《ぞく》やともだちにも、金の鈴のことをはなしてもらうようにおねがいすれば、またたくまにうわさがひろがって、きっとすぐに、金の鈴はみつかるよ！」

森のピアノ演奏会《えんそうかい》

つぎの日のこと。

ルーチカとりおなは、たのしくおしゃべりをしながら、森のピアノのある広場にむかってあるいていました。

「この森は、とってもきれいで、きもちがいいね。」

はれわたる空をみあげて、りおながいいました。

「ここは、とってもすてきな場所《ばしょ》。ルーチカも、おともだちのみんなも、親切で、やさしくて……。」

きのうの夜の食事会《しょくじかい》でも、りおなが家にかえることができるように、みんなでいっしょうけんめい知恵《ちえ》をだしあってくれました。ルクルとクプルの料理《りょうり》はとてもおいしくて、みあげた夜空には、かぞえきれないほどたくさんの星がまたたいて、ほんとうにきれいでした。

「そんなふうにいってもらえて、うれしいな。りおなちゃんのすむ、ひとびとの国も、とってもすばらしい場所だよね。ぼくに気づいてくれたひとたちは、みんな親切でやさしかったよ。ぼく、何度《なんど》も感激《かんげき》したもの。」

ルーチカがそういうと、りおなはふっと、目をふせました。

しばらくあるいていくと、風にのってピアノの音がきこえてきました。木立のむこうにあるひらけた場所《ばしょ》に、森の住人《じゅうにん》たちがあつまっているようすがみえます。まんなかに、大きなグランドピアノがあって、だれかがきれいな曲《きょく》をひいていました。そのまわりでは、森の住人たちがたのしそうにおしゃべりをしていたり、小さな子たちがかけまわっていたり、家族《かぞく》でピクニックをたのしんだりしているようすがみえました。

「みんな、すごく自由《じゆう》なんだね。」

ピアノをかこんで、みんながしずかにきいているようなふんいきをおもいえがいていたりおなが、意外《いがい》そうな顔をすると、ルーチカはうなずき、

「ここでは、ピアノがとくいな子も、あまりとくいじゃない子も、

たのしむためにひくんだ。きくほうも、じっくりきいてもいいし、おしゃべりしながらきいてもいい。とても自由《じゆう》で、みんなであつまることをたのしんでるってかんじなんだ。」

「へぇ……。」

ルーチカとりおなが、ピアノのそばまでやってくると、

「ルーチカ、りおなちゃん、こっちこっち！」

ノッコやソルが、ふたりにむかって手まねきをしているのがみえました。となりにいたトゥーリやニコも手をふっています。ルクルとクプルは、そばにあった大きなバスケットを、ふたりにみえるようにもちあげて、にこにこほほえんでいます。きっと、おいしいサンドイッチやくだものが、たくさんはいっているのでしょう。

「やあ、みんな。はやいなあ。」

ルーチカとりおなが、ピアノの前でみんなと合流《ごうりゅう》すると、トゥーリがたちあがっていいました。

「ほら、あそこにならぶんだ。順番《じゅんばん》がきたら、ピアノをひくことができるよ。さっ

そく、いっしょにならぼう。」

りおなはうなずいて、トゥーリといっしょに、列《れつ》のいちばんうしろにならびました。

森のピアノをちかくでみると、おもったとおり、とてもすてきなピアノでした。

年月をかんじさせるふんいきはありましたが、とても手入れがいきとどいていて、ぴかぴかにみがきあげられています。毎日たくさんの森の住人《じゅうにん》にひいてもらっているからか、ピアノの音色もなんだかよろこんでいるようにきこえてきます。

自分たちの前にならんでいた森のなかまが、ひとり、またひとりと演奏《えんそう》をおえていき、いよいよつぎが、りおなの番になりました。すると、きゅうにりおなの心臓《しんぞう》が、どきどきしてきたのです。

（あの、ピアノ演奏会のときみたいに、失敗《しっぱい》したらどうしよう……。）

りおなの胸《むね》に、半年前にあったピアノ演奏会のことが、ふいによみがえってきま

した。りおなは緊張《きんちょう》してしまい、ちっともふだんどおりにひけなかったのです。ピアノの前のいすにすわったとたん、あたまのなかが、まっしろになり、からだが、かちかちになって、指《ゆび》もおもうようにうごかなくなって……あのときのことがおもいだされてきて、りおなはどきどきしてきたのです。がんばろうとおもっていたきもちがしぼんできて、不安《ふあん》だけがどんどんふくらんできます。

（どうしよう……。）足がカタカタとふるえてきました。

トゥーリからやさしくせなかをおされて、りおなは、はっと顔をあげました。自分の順番《じゅんばん》がやってきたのです。

「なんでもすきな曲《きょく》をひいていいよ。それに合わせて笛《ふえ》をふくから。」

トゥーリが、にっこりほほえみました。

りおながピアノの前のいすにすわると、ニコがふわりととんできて、きらきらとした音の結晶《けっしょう》を、さあーっと鍵盤《けんばん》の上にふりかけました。

「ちょっとしたおまじないだよ。これをふりかけると、とてもきれいな音がでるんだ。」

かわいい笑顔《えがお》ではげますニコに、りおなもなんとか笑顔でこたえると、ピアノの鍵盤《けんばん》の上にそっと指《ゆび》をのせました。

（おちつかなくちゃ。がんばって、うまくひいて、たくさんのひとたちにあつまってもらわなくちゃ……。）

そうおもえばおもうほど、指がふるえてきて、なかなかひきはじめることができません。

そのとき、トゥーリが、りおなにそっとささやきました。

「音楽は、たのしむことがいちばん。りおなちゃんらしくね。」

トゥーリは、すっと笛《ふえ》をかまえると、さあーっと風がふきぬけるように、澄《す》んだ笛の音をひびかせました。

（なんてきれいな音色……。）

それは、いままでにきいたことがないほどにうつくしい、とてもやさしい笛の音色でした。りおなは、肩《かた》の力がすーっとぬけて、きもちがすきとおるようにかるくなったのです。

（そうだ。あの曲《きょく》をひこう。）

りおなは、なにかがふっきれたようなすがすがしい表情《ひょうじょう》になって、ピアノをひきはじめました。

それは、「*野原で踊《おど》ろう」というタイトルの曲で、こころがはずむようなたのしいメロディーでした。トゥーリもそれに合わせて、かろやかに笛《ふえ》をふきました。すると、どうでしょう……。

そばにいた森のなかまたちが、歌をうたいながら、たのしげにおどりはじめたのです。

タタラ　タタラ　タタラーラ
のはらで　ほら　おどろう
タタラ　タタラ　タタラーラ
さあ　みんなで　手をとって

ここではね　すぐ　ともだちさ
タタラ　タタラ　タタラーラ
ほら　たのしく　手をとって

かるく　まいおどる
ちょうのように　花びらのように
くるくるくる　ほらまわって
ステップふんで　おどろう

タタラ　タタラ　タタラーラ
のはらで　ほら　おどろう
タタラ　タタラ　タタラーラ
さあ　なかよく　手をとって

（わたしのピアノに合わせて、みんながたのしそうにおどってる……。）

りおなのこころのなかに、ふわりと花がさいたようなきもちがわきおこってきました。トゥーリの笛《ふえ》の音色からも、とてもたのしんでいるようすがつたわってきます。ピアノの演奏《えんそう》と笛の音色がやさしくとけあい、風にのって森のなかにひびきわたります。

（ああ、なんてたのしいのかしら！）

それは、りおながいままでにかんじたことのないたのしさでした。自分のからだぜんぶが、よろこびそのものになったようなきぶんでした。ピアノをまちがえないようにひくことばかり気にしていたときには、けっして味《あじ》わえなかったよろこびが、からだのなかからあふれてくるのです。

むちゅうになって演奏をつづけていると、あちらの草むらからも、こちらの木のかげからも、たくさんのいきものたちがひょっこりでてきて、ダンスに参加《さんか》していきました。ダンスの輪《わ》は、どんどん大きくなっていき、やがて森のピアノの広場は、いままでにないほど、たくさんのなかまたちでにぎわったのです。

りおなの演奏《えんそう》がおわると、波《なみ》のような拍手《はくしゅ》がわきおこりました。みんながはじけるような笑顔《えがお》であたたかい拍手をおくってくれています。りおなは、胸《むね》がいっぱいになって、おじぎをして拍手にこたえました。

そこへ、タイミングよくルーチカがでてきて、いいました。

「みなさん、こんにちは。この子はりおなちゃん。人間の女の子です。ひょんなことから、このフェリエの国へまよいこんだりおなちゃんは、風の妖精《ようせい》の魔法《まほう》にかかって、背《せ》が小さくなってしまったの。

その魔法を風の妖精にといてもらうために、なくしてしまった金の鈴《すず》をさがしているんだ。このなかに、風の妖精の金の鈴をひろったひとはいませんか。」

ところが、その場にあつまっていたみんなは顔をみあわせ、

「しってる?」「ううん、しらない。」

などといいながら、首を横《よこ》にふりました。そのようすをみていたトゥーリが、話をつづけました。

「このなかに、ひろったひとがいないようだったら、みなさんの家族《かぞく》やともだちに、金の鈴《すず》のことをきいてみてもらえませんか。それがないと、りおなちゃんはもとの背《せ》たけにもどれないから、ひとびとの国にかえれないんだ。」

それをきいた森の住人《じゅうにん》たちは、ざわざわとざわめきはじめました。

「それはたいへんだ。」

「あの女の子のために、なんとか金の鈴をみつけてあげよう。」

そのときでした。

ひとごみのうしろのほうで、だれかが片手《かたて》をあげながら、いっしょうけんめいぴょんぴょんととびはねているのがみえたのです。小さな手は、ひょこひょことみえかくれしながら、だんだんとピアノのほうへちかづいてきます。

「あのー、あのー。」

よくみると、それは、野ねずみのクスクスさんでした。

「たぶん、あれ、きっと金の鈴《すず》だったとおもうんだよなあ。」
「クスクスさん、しってるの!?」
ちょうどそばにいたノッコが、大きな声でたずねます。
クスクスさんは、こくこくとうなずいて、いいました。
「今朝、ワラビー親子の家の前を
とおりかかったら、とてもきれいな鈴の音がきこえてね、
よくみたら、ワラビーの小さなぼうやが、
きらきらかがやく金の鈴をころがしてあそんでいたんだ。
それはもう、夢《ゆめ》のようにきれいな音色だったよ。」

*ドイツの作曲家、コルネリウス・グルリットが作ったピアノ曲。

そらうおの群《む》れ

クスクスさんから、金の鈴《すず》のもちぬしを教えてもらったルーチカたちは、いそいでワラビー親子の家へむかいました。

「きっと、ワラビーのぼうやがもっていたのは、風の妖精《ようせい》の金の鈴にちがいないよ。」

「クスクスさんも、夢《ゆめ》のようにきれいな音色だったって、いってたものね。」

「りおなちゃん、よかったね。もうすぐおうちにかえれるよ。」

金の鈴がみつかりそうな期待《きたい》に胸《むね》をふくらませながら、みんながはなしていたときでした。りおなが、ふっと足をとめたのです。

「どうしたの？　りおなちゃん。」

ノッコが、ふしぎそうに声をかけました。

「いそいだほうがいいよ。妖精の輪《わ》が、いつきえてしまうかもわからないから。」

ソルも、心配《しんぱい》そうにいいました。

「あのね、わたしね、ほんとは……。」

りおなはうつむいたまま、ためらうように口ごもりました。

りおなのようすがおかしいことに気づいたみんなは、

りおなのまわりにあつまりました。

　りおなは、ぎゅっと両手《りょうて》をにぎりしめ、それからおもいきったように顔をあげました。

「ごめんなさい！　わたし……わたし……やっぱり、家にかえりたくない。」

　みんなは、おどろいたように、りおなをみつめます。

「かえりたくないって、どうして……。」

　とつぜんのできごとに、ルーチカたちはどうしていいのかわからず、とまどっていると、トゥーリがやさしくはなしかけました。

「なにか理由《りゆう》があるんだね？」

　りおなはかすかにうなずき、きえいるような声ではなしはじめました。

「学校に、いきたくないの……。」

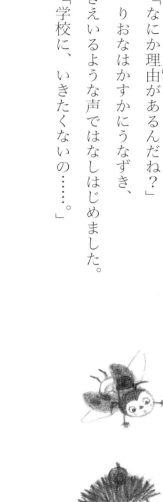

「学校に？」

「……わたし、ともだちがひとりもいないから……。」

それをきいたみんなは、ぴたりと動《うご》きをとめました。りおなはうつむき、胸《むね》のおくにずっとあった思いを、みんなにうちあけました。

「わたし、家ではうるさいくらいにおしゃべりなのに、学校では、同級生《どうきゅうせい》とぜんぜんふつうにはなすことができないの。こんなことをいったら、へんにおもわれるかな……とか、きらわれちゃったらどうしよう……とか、いろんなことが気になって、学校にいくだけで緊張《きんちょう》するようになってしまって……。そうしたら、あるときから、ほんとうにことばがでてこなくなっちゃったの。はなしたくても、はなせない。はなしかけられても、ずっとだまってるものだから、そのうちだれからも声をかけられなくなってしまって……。気がついたら、ひとりぼっちになっちゃってた……。」

りおなの足もとに、なみだがぽつんとおちました。

「それなのに、ここにきたら、みんなとしぜんにはなすことができたから、すごくおどろいたの。どうしてなのか、自分でもよくわからなかった。でも、みんなといっしょにわらって、ごはんをたべて、きれいな星をながめて……ほんとうに、ほんとうにたのしかった。出会ったばかりなのに、みんながともだちみたいにやさしくしてくれたことが、すごくうれしくて……。だから、わたし……このままずっとフェリエの国にいたい。おねがい、ここにいさせて。」

りおなは、たどたどしいはなしかたで、いっしょうけんめい、ルーチカたちにおねがいしました。

「りおなちゃん、もちろん、ぼくたちだって、りおなちゃんといっしょにいたいよ。でも……。」

ルーチカは、「きっと、家族《かぞく》が心配《しんぱい》してるよ。」

といおうとしました。

でも、りおなのきもちをおもうと、それをいいだすことができません。ほかのなかまも、きっとルーチカと同じきもちだったのでしょう。みんな、しんとだまったまま、しずかにその場にたちつくしま

した。

そのとき。

森のむこうから、だれかがひっしな顔で、はしってくるのがみえました。よくみると、それは、ワラビーのおかあさんだったのです。

ルーチカが、大きな声でさけびました。

「ワラビーのおかあさーん。ちょうど今から、そちらの家にいこうとしていたんだよ。そんなにあわてて、いったいどうしたの？」

すると、ワラビーのおかあさんは、まっさおな顔でいいました。

「ぼうやが……、うちのクルコが、いなくなってしまったんです。」

「ええっ！」

みんながいっせいにさけびました。

「ちょっと目をはなしたすきに、いなくなってしまって……。きっと、まいごになって、もどれなくなってしまったんだわ。ひとりであるけるようになったといっても、まだまだうちのぼうやは小さくて、ひとりではなんにもできないんです。もしも、あぶない場所《ばしょ》にいってけがでもしたら……。

ああ、いったい、どうしたらいいんでしょう。」

おかあさんは、その場でなきくずれてしまいました。

そのとき、りおながワラビーのおかあさんにかけよって、ハンカチでなみだをふいてあげました。

「ワラビーのおかあさん、なかないで。わたしもいっしょに、ぼうやをさがすわ。」

それをきいたルーチカたちも、力づよくうなずきました。

「ぼくたちみんなで、クルコぼうやをさがそう！」

こうしてルーチカたちは、手わけしてクルコぼうやをさがすことにしたのです。

「ぼくは、あっちの森をさがすよ。」

「わたしたちは、こっちの林をさがしてみるわ。」

「あたしは、あそこの草原をさがしてみる。」

みんなは、それぞれちがう場所にちっていきましたが、ルーチカとりおなは、いっしょに行動《こうどう》することにしました。

ふたりは、岩かげや、ほら穴《あな》、大きな木のうろのなかなど、クルコぼうやがいそうな場所《ばしょ》を、あちこちさがしまわりました。

「クルコくーん。どこにいるのー!」

「クルコぼうやー!」

けんめいに名前をよんでさがしつづけますが、クルコぼうやはなかなかみつかりません。

「いったいどこにいっちゃったんだろう。」

「金の鈴《すず》でむちゅうになってあそんでいるうちに、しらない場所にまよいこんじゃったのかな。」

「うん。それでこわくなって、うごけなくなっているのかもしれない。」

小さなぼうやがまいごになるなんて、どんなにか不安《ふあん》で、こわい思いをしていることでしょう。ルーチカも、りおなも、ひとりぼっちでいるクルコぼうやのことをおもうと、かわいそうで胸《むね》がくるしくなります。

こうして、ふたりが森のなかをけんめいにさがしつづけていたとき、ふいにルー

チカのあたまの上に、ぽつん、とつめたいものがおちてきました。

「雨……？」

みあげると、いつのまにか灰色《はいいろ》の雲が空をおおい、むこうのほうから、そらうおの大群《たいぐん》がおよいでくるのがみえたのです。

「わあ……ものすごい数のそらうおだ。」

ルーチカが、おもわず息《いき》をのみました。

「そらうお？」

りおなも、ルーチカのみている方向《ほうこう》に目をやると、雨雲をしたがえるようにして、大きな大きな魚の大群が、空の上をおよいでくるのがみえました。

「そらうおっていうのはね、雨をつれてやってくる魚なんだ。そらうおの数が多ければ、それだけ雨もたくさんふる。あれだけ多いと、あらしになるかもしれない。」

りおなの顔があおざめました。

「あらしになったら、たいへんだ。」

ルーチカも、しんけんな顔でうなずきます。

「はやくクルコぼうやをみつけだしてあげなくちゃ。」

ふたりが、ひっしになってさがしまわっているうちに、ルーチカのいったとおり、強い雨がざあざあとふりはじめました。

大きな大きなそらうおたちが、ふたりの頭上をどんどんとおよいでいきます。灰色《はいいろ》の空は、そらうおの群《む》れでうめつくされ、ごろごろとかみなりがなりはじめました。

ふたりは、小さなぼうやのことをおもうと、いてもたってもいられなくなって、大雨のなかをかけだしていま

した。ルーチカも、りおなも全身《ぜんしん》びしょぬれでしたが、そんなことをかまいもせず、クルコぼうやの名前をさけびながら、さがしつづけたのです。

そのあいだにも、雨はどんどんと強くなり、するどいいなずまがぴかっとひかったかとおもうと、ものすごい地ひびきがして、森のどこかにかみなりがおちた音がきこえてきました。ふたりはこわくて、身《み》をちぢめました。

「ああ、いったい、どこへいっちゃったんだろう……。」

どしゃぶりの雨のなかで、ふたりがとほうにくれていたときです。

そらうおの群《む》れのなかから、
一匹《ぴき》のわかいそらうおがはなれ、
ルーチカたちのほうへむかってきたのです。

「きゃあっ！」

りおなはおどろいて、ルーチカのうしろにかくれました。ところが、ルーチカは、にげることも、おびえることもなく、その場にすっくとたったまま、ちかよってきたそらうおをみつめていたかとおもうと、とつぜん、

「……わあ、ちびうおくんだ！」

と、よろこびの声をあげたのです。

「大きくなったねえ！　ぼくのこと、おぼえててくれたんだね。」

それをきいたりおなは、ルーチカのうしろから、そろそろと顔をだしました。

「りおなちゃん、こわがらなくてもだいじょうぶ。この子は、ぼくのともだちの、ちびうおくんだよ。ぼくのすがたをみつけて、おりてきてくれたんだ。」

ルーチカが、ちびうおくんのからだをやさしくなでてあげると、ちびうおくんはうれしそうに、おびれをぷるんとふりました。

「あのね、ちびうおくん。じつは今、まいごになったワラビーのぼうやをさがしてるの。ちびうおくんの力をかしてほしいんだ。」

それをきいたちびうおくんは、地面《じめん》すれすれまでおりてきて、自分の大きなひれで、せなかのあたりをひょい、ひょいっと、なでてみせました。まるで、「ぼくのせなかにのって。」とでもいうように。

「りおなちゃん、せなかにのってもいいって。さあ、いそいで！」

ふたりはせなかによじのぼり、
ちびうおくんのせびれにしっかりとつかまりました。
ふたりをのせたちびうおくんは、
かろやかに身《み》をひるがえし、
さっそうと森のなかをおよぎはじめたのです。
ちびうおくんは、木々《きぎ》のあいだをぬうように
およぎ、山をこえ、谷をくだり、
ぐんぐんとすすんでいきます。
「クルコくーん！」
「クルコぼうやー！」
雨はさらに強くなってきて、まるで海のなかをおよいでいるようでした。
ごろごろごろ………がらがらがっしゃーん！
大きなかみなりが、ふたたび山のむこうにおちる音がなりひびきます。
「クルコくん、きっとこわい思いをしているわ。」

「うん。はやくみつけてあげないと！」

りおなは、ほんとうは、かみなりがこわくてしかたがありませんでした。けれども、自分よりもずっと小さな子が、どこかでもっとこわい思いをしているのだとおもうと、なんだかこころが強くなって、かみなりのこわさをわすれるほどでした。

ちびうおくんのせなかにのって、森をぬけ、林をぬけ、湖《みずうみ》をとびこえて……。

そのとき、りおながある一点をみつめて、「あっ！」とさけびました。

「ルーチカ、みて！　あそこでなにかひかってる！」

りおなの指《ゆび》さすところをみると、こんもりとしたしげみのなかで、たしかになにかがひかっているのがみえます。

「ちびうおくん、あのひかってる場所《ばしょ》へむかって！」

ルーチカがさけぶと、ちびうおくんは、きらきらかがやくひかりにむかって、ぐんぐんとおりていきました。ひかりがちらちらとみえかくれしているしげみの前で、ふたりはちびうおくんのせなかからとびおりると、なかをそっとのぞきこみました。

するとそこに、ワラビーのクルコぼうやが、小さくうずくまっていたのです。両手《りょうて》で金の鈴《すず》をもって、カタカタとふるえています。

「ああ、みつかってよかった！」

ルーチカとりおなは、おもわずクルコぼうやをだきしめました。

クルコぼうやは、雨でからだがずぶぬれでしたが、けがをしているようすはありません。

「こわかったね。でも、もうだいじょうぶよ。おかあさんのところまで、つれていってあげるからね。」

りおなは、クルコぼうやをだきあげると、サロペット*の胸《むね》ポケットのなかに、そっといれてあげました。おかあさんのおなかのふくろのような胸ポケットにはいってあんしんしたのか、クルコぼうやのふるえがとまりました。りおなは胸ポケットに手をあてて、そっとクルコぼうやをあたためてあげました。

「さあ、いそいでかえろう。」

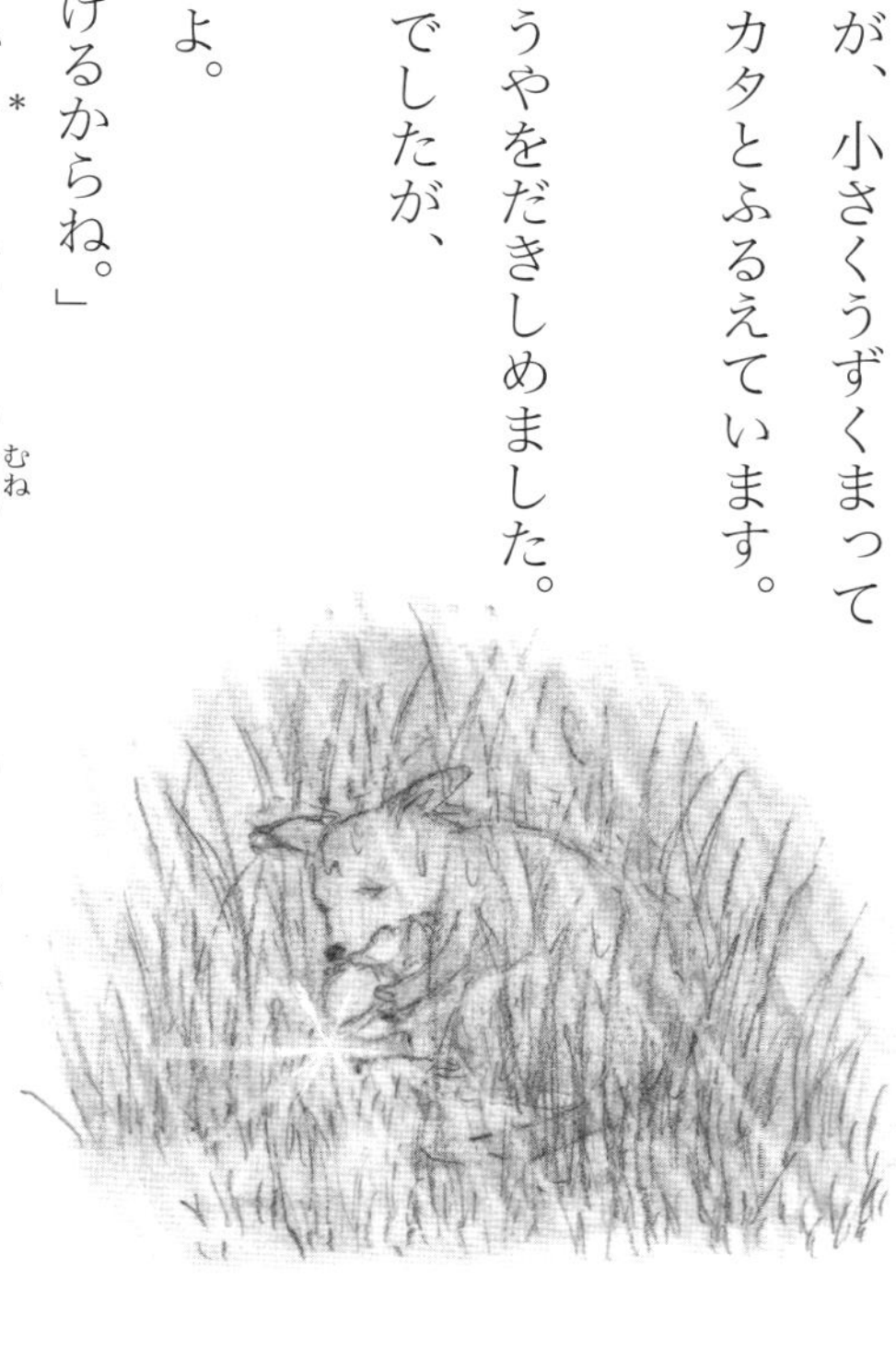

＊胸あてとつりひものついたズボン。

ルーチカたちは、ふたたびちびうおくんのせなかにのって、ワラビーの家にいそぎました。

ふたりをのせたちびうおくんは、空にむかって、ぐんぐん高くのぼっていきます。雨はいつのまにか小雨《こさめ》になり、やがて、ワラビーのおかあさんのもとへ着《つ》くころにはすっかりやんで、きれいな夕やけ空がひろがっていました。

ふたりが、ワラビーの家の上空までたどりつくと、ちょうどみんなが、家の前にあつまっているのがみえました。

「ちびうおくん、あそこでおろして。」

ルーチカたちは、ワラビーの家の前でおろしてもらい、ちびうおくんに手をふってわかれると、それに気づいたみんなが、ふたりのもとへかけよってきました。

「ああ！　ルーチカ、りおなちゃん、どうだった⁉」

けれども、どこにもクルコぼうやがいないのをみて、みんなはがっくりと肩《かた》をおとし、ワラビーのおかあさんも、声をふるわせてなきはじめました。

りおなが、ワラビーのおかあさんのもとへあゆみよって、いいました。

「ワラビーのおかあさん、なかないで。ほら……。」

りおなが、サロペットの胸《むね》ポケットを、やさしくなでると、なかから、クルコぼうやが、ひょっこり顔をだしたのです。

「ぼうや！」

ワラビーのおかあさんは、大よろこびで、クルコぼうやをだきあげました。

クルコぼうやは、ようやくほっとしたのか、

「おっ、おかあさーん……。」

といいながら、えっ、えっとなきはじめました。ワラビーのおかあさんは、クルコぼうやに何度《なんど》もほおずりをして、しっかりとだきしめてあげました。

「みなさん、ほんとうに、ほんとうにありがとう。」

かなしみのなみだが、よろこびのなみだにかわるのをみて、ルーチカたちも胸がいっぱいになりました。

「なんとお礼《れい》をいったらいいのか……。」

ことばにつまるワラビーのおかあさんに、ルーチカがいいました。

「クルコぼうやを、さいしょにみつけてくれたのは、このりおなちゃんなんだ。じつは、りおなちゃんのために、ひとつおねがいがあるの。」

ルーチカは、さいしょにワラビー親子の家へいこうとしていた理由《りゆう》を、ふたりにはなしました。

「……クルコぼうやがひろってくれたその金の鈴《すず》は、このりおなちゃんがおとした鈴なんだ。その鈴がないと、りおなちゃんの背《せ》をもとにもどしてもらえないの。だからその金の鈴を、りおなちゃんに、かえしてあげてほしいんだ。」

クルコぼうやは、こくんとうなずいて、小さな両手《りょうて》でもっていた金の鈴をさしだしました。

「りおなおねえちゃん、ありがとう。」

りおなはしゃがみこんで、クルコぼうやにほほえみかけると、

「ありがとう。」といって金の鈴《すず》をうけとりました。

ワラビー親子の家をあとにしたルーチカたちは、どこへいくともなく、森の小道をあるいていました。はなしだすひとは、だれもいませんでした。あたりはすっかり夕やみにつつまれて、空にはきれいな一番星が、かがやいていました。

クルコぼうやがぶじにみつかり、金の鈴も、もどってきましたが、このままずっとフェリエの国にいたい、といっていたりおなのきもちをかんがえると、ルーチカたちも、どうしたらいいのかわからなかったのです。

そのとき、やさしい秋風が、さあーっと森のなかをふきぬけました。

みんなはたちどまり、そっと目をとじました。

風がやむと、りおながしずかに口をひらきました。

「わたし、かえるね。」

「えっ。」

みんなが、りおなをみつめます。

「かえるね。だいすきな家族《かぞく》がまってる家へ。」

ひとびとの国へ

妖精《ようせい》の輪《わ》のある場所《ばしょ》までもどってくると、りおなはおわかれのあいさつをしました。

「みんな、ほんとうにありがとう。」

ルーチカたちも、りおなのまわりにあつまって、

「りおなちゃんが、ぶじにかえれることになってよかった。」

「りおなちゃんのピアノ、とてもすてきだったよ。」

「みじかいあいだだったけど、りおなちゃんがきてくれて、たのしかったわ。」

と、くちぐちにいいながら、わかれをおしみました。

「とつぜん、ふしぎな国にまよいこんで、たいへんだったとおもうけど、風の妖精たちにとっては、ちょっとしたいたずらだったんだ。ゆるしてあげてね。」

ルーチカがそうつたえると、りおなはにっこりわらって、首を横《よこ》にふりました。

「わたしにとって、風の妖精の魔法《まほう》は、とてもやさしい魔法だった。だって、こんなにすてきな国にくることができたんだもの。みんなにやさしくしてもらえて、ほんとうにうれしかった。みんなのこと、ぜったいにわすれないね。」

そういったとたん、ふいにさびしさがこみあげてきて、りおなが目をふせると、ルーチカが、そっとこころによりそうようにいいました。

「もしも、ぼくたちの国を、すてきな国だとかんじてくれたのなら、それは、りおなちゃんが、ここはすてきな国、っていう『こころのめがね』をかけてくれたからなんだよ。」

「こころのめがね？」

りおながふしぎそうにききかえすと、ルーチカがうなずきました。

「ぼくたちって、うまれたときには、なんにも、もっていないよね。でも、だんだん大きくなっていくうちに、いろんなこころのめがねを手にいれていくんだ。たとえば、赤いレンズのめがねでこの世界《せかい》をみれば、すべてのものが赤くみえるし、青色のレンズのめがねをかければ、この世界のすべてが青くみえるように、どんなこころのめがねをかけるかによって、同じ世界でもかんじることがかわってくるんだよ。」

「世界そのものは、かわっていないのに？」

「そう。そして、どんなこころのめがねをかけるかは、自分しだいなんだ。りおなちゃんは、フェリエの国にきたことで、またひとつ、新しいこころのめがねを手にいれたんだよ。どんなこころのめがねで世界《せかい》をみるかは、りおなちゃん自身《じしん》が自由《じゆう》にえらべるんだっていうことを、どうかわすれないで。」

ルーチカは、不安《ふあん》そうな目をしているりおなに、せいいっぱいほほえみました。

「だいじょうぶ。きみのすむ世界は、とてもすてきで、やさしい世界だよ。ぼく、ちゃんとしってる。」

それをきいたりおなは、なぜだかなみだがあふれてきました。ルーチカは、あたまの上のりんごをとって、りおなにわたしました。

「よかったら、これたべてね。きっと元気がでるから。」

りおなはうなずいて、りんごをサロペットの胸《むね》ポケットにいれると、なみだでかすむ目でひとりひとりの顔をみました。みんなやさしい目で、自分のことをみつめてくれています。

そのとき、空の上のほうから、シャラン……シャラン……と、きよらかな鈴《すず》の音がきこえてきました。

みあげると、手足に金の鈴《すず》をつけたうつくしい妖精《ようせい》たちが、どこからともなくあらわれて、妖精の輪《わ》の上にふわふわとうかんでいたのです。

ルーチカが、そっとささやきました。

「あれが、風の妖精たちだよ。」

風の妖精たちは、すきとおったやわらかな衣《ころも》を、かろやかにはためかせながら、妖精の輪の上でおどりはじめました。

「わあ……。」

すみれ色の空が、しだいに藍色《あいいろ》へと色をかえていく夕やみのなか、風の妖精たちが澄《す》んだ鈴の音をひびかせてまいおどるすがたは、ことばにできないほどのうつくしさでした。

りおながすっかりみとれていると、ルーチカがしずかに、けれどもきっぱりとした声でいいました。

「りおなちゃん、きのこがきえかかってる。いそいで輪《わ》のなかにはいって、風の妖《よう》精《せい》に金の鈴《すず》をかえすんだ。」

みると、さっきまで白くかがやいていたきのこたちが、いつのまにか、すきとおりはじめていました。りおなはいそいで妖精の輪のなかにはいると、天高く金の鈴をなげました。

すると……。

金の鈴をうけとったひとりの風の妖精が、りおなのあたまの上から、きらきらとかがやく金色の粉《こな》を、さあーっとふりかけたのです。

きらきらとふりそそぐ金色の粉につつまれたりおなは、うすい霧《きり》のなかにいるように、視界《しかい》がぼんやりとしてきました。まわりをみると、そばにたっている大きな木が、だんだんちぢんでいくようにかんじられます。自分にむかって手をふってく

れているルーチカたちのすがたも、「元気でねー……。」とさけぶみんなの声も、どんどんと小さく、とおくなっていき……。

気がつくと、りおなは夕やみにつつまれた庭《にわ》のなかに、ひとりぽつんとたっていました。からだは、すっかりもとの大きさにもどっています。足もとをみると、妖《よう》精《せい》の輪《わ》はどこにもありません。

りおなは、ぼうぜんとしたまま、はきだし窓《まど》から家のなかにはいりました。

と、おいしそうなにおいがただよってきて、まな板《いた》の上で包丁《ほうちょう》をうごかす音がきこえてきました。キッチンをのぞくと、おかあさんが夕ごはんをつくっています。

「あっ、あの……。」

りおなが、おずおずと声をかけると、

「あら、りおな。もうすぐごはんだからね。」

いつもどおりのおかあさんの返事がかえってきました。時計は、夜の六時を少しまわったところです。

(時間もほとんどすすんでいない。おかあさんも、なにも心配《しんぱい》していない……ということは、日にちもたっていないの?)

きつねにつままれたような気持《きも》ちのまま、りおなが二階《かい》の部屋《へや》にもどると、ねこのマロンがちかよってきて、りおなの足にあたまをすりつけてきました。

「ねえ、マロン。ねむってもいないのに夢《ゆめ》をみるなんてこと、あるとおもう?」

マロンをだきあげ、窓《まど》からそっと庭《にわ》をみおろします。藍色《あいいろ》の空気にそまった庭は、まるで海の底《そこ》にしずんだようにしずかでした。

「でも、なんだかとてもやさしくて、ほんとうにすてきな夢だった……。」

それは、うれしくてなみだがあふれてきそうな、宝物《たからもの》のような夢……。

そのとき、マロンがふいに、りおなのサロペットの胸《むね》ポケットをひっかくようなしぐさをしたのです。

「なあに。おやつなんか、はいってないわよ……あっ!」

りおなは、はっとして、サロペットの胸ポケットのなかに手をいれました。

なにかがこつん、と指先《ゆびさき》にふれます。

とりだしてみると、それは、つやつやとひかりかがやく、小さな赤いりんごでした。

りおなは胸《むね》がいっぱいになって、小さなりんごを両手《りょうて》でつつみこむと、その手をそっとほおにあてました。りんごのほのあまい香《かお》りが、みずみずしい力となって、りおなのなかにひろがっていきます。

――だいじょうぶ。きみのすむ世界《せかい》は、とてもすてきで、やさしい世界だよ。ぼく、ちゃんとしってる。

ルーチカのあたたかい声が、りおなの耳のおくで、いつまでも、いつまでも、ひびいていました。

かんのゆうこ
東京都生まれ。東京女学館短期大学文科卒業。児童書に、「はりねずみのルーチカ」シリーズ、「りりかさんのぬいぐるみ診療所」シリーズ（ともに絵・北見葉胡）、「ソラタとヒナタ」シリーズ（絵・くまあやこ）、絵本に、『はこちゃん』（絵・江頭路子）、プラネタリウム番組にもなった『星うさぎと月のふね』（絵・田中鮎子）（以上、講談社）などがある。令和６年度の小学校教科書『ひろがることば 小学国語 二上』（教育出版）に、絵本『はるねこ』（絵・松成真理子／講談社）が掲載される。

北見葉胡（きたみ・ようこ）
神奈川県生まれ。武蔵野美術短期大学卒業。児童書に、「はりねずみのルーチカ」シリーズ、「りりかさんのぬいぐるみ診療所」シリーズ（ともに作・かんのゆうこ／講談社）、絵本に、『マーシカちゃん』（アリス館）、『マッチ箱のカーニャ』（白泉社）など。ぬりえ絵本に、『花ぬりえ絵本　不思議な国への旅』（講談社）がある。2005年、2015年に、ボローニャ国際絵本原画展入選、2009年『ルウとリンデン　旅とおるすばん』（作・小手鞠るい／講談社）が、ボローニャ国際児童図書賞受賞。

わくわくライブラリー
はりねずみのルーチカ
まよいこんだフェリエの国《くに》

2025年2月4日　第1刷発行

作　者　かんのゆうこ
絵　北《きた》見《み》葉《よう》胡《こ》
装　丁　丸尾靖子
発行者　安永尚人
発行所　株式会社 講談社
〒112-8001　東京都文京区音羽2-12-21
編集 03(5395)3535　販売 03(5395)3625　業務 03(5395)3615
印刷所　株式会社 精興社
製本所　島田製本株式会社
データ制作　講談社デジタル製作

N.D.C.913　127p　22cm　©Yuko Kanno/Yoko Kitami　2025　Printed in Japan

ISBN978-4-06-538384-1

N
NE
E
SE
S
SW
W
NW
森のピアノ
ニコの家
ソルの畑
ノッコの家
ソルの家
ルーチカの家

タタ ラ タタラ タタ ラー ラ さあ みんなで 手をとっ
ラ タタラ タタ ラー ラ ほら たのしく 手をとっ て